कल्प- एक नई दिशा।

उपन्यास के रूप में लिखी गई एक कहानी जो पाठकों कहां मनोरंजन एवं उनके ज्ञान में वृद्धि करते हैं।।।

आशीष दुबे

ISBN 978-93-5610-777-9
© Ashish Dubey 2022
Published in India 2022 by Pencil

Contributors:
Illustrator: Shyamwati Dubey

A brand of
One Point Six Technologies Pvt. Ltd.
123, Building J2, Shram Seva Premises,
Wadala Truck Terminal, Wadala (E)
Mumbai 400037, Maharashtra, INDIA
E connect@thepencilapp.com
W www.thepencilapp.com

Author biography

मैं आशीष दुबे इलाहाबाद का निवासी हूं। मेरा जन्म इलाहाबाद में ही 25 सितंबर 1984 में एक साधारण परिवार में हुआ था। मेरे पिता श्री राजेंद्र प्रसाद दुबे एक सरकारी कर्मचारी थे, जो अब सेवानिवृत्त हो चुके हैं एवं माता श्रीमती श्याम वती दुबे एक गृहणी हैं। मैं तीन भाइयों में मध्यक्रम का हूं। मैंने इग्नू से स्नातक एवं परास्नातक उपाधि धारण की है। इलाहाबाद विश्वविद्यालय में भी पढ़ने का सौभाग्य मुझे प्राप्त हुआ। जहां मैंने रूसी भाषा में स्नातक प्रमाण पत्र प्राप्त किया। मेरी आरंभिक शिक्षा इलाहाबाद में नैनी क्षेत्र के केंद्रीय विद्यालय से संपन्न हुई। इग्नू में पढ़ने का मेरा प्रमुख उद्देश्य यह था कि मैं एक पर्यटक गाइड बनना चाहता था। इस कारण मैंने इलाहाबाद डिग्री कॉलेज में चलने वाले इग्नू के अध्ययन केंद्र में बी॰टी॰एस॰ यानी बैचलर इन टूरिज्म स्टडीज में दाखिला ले लिया। स्नातक कार्यक्रम पूर्ण करने के उपरांत मुझे परास्नातक उपाधि प्राप्त करने की सूझी। मुझे लगा कि स्नातकोत्तर उपाधि धारण किए बिना मेरी शिक्षा अभी अपूर्ण

है। इस कारण मैंने एम०टी०एम० अर्थात मास्टर इन टूरिज्म मैनेजमेंट में प्रवेश ले लिया। क्योंकि इग्नू में पढ़ाई पत्राचार के माध्यम से होती है, अतः मेरे पास अवसर था कि शिक्षा के साथ कुछ रचनात्मक क्रियाकलाप करूं। अतः मैंने इलाहाबाद विश्वविद्यालय में रूसी भाषा के प्रमाण पत्र कार्यक्रम में प्रवेश लिया। कार्यक्रम पूर्ण होने पर मैंने एक वर्ष आईआरसीटीसी में कार्य किया। जहां मुझे इंदौर, भोपाल एवं जबलपुर में लोगों के बीच कार्य करने का अवसर प्राप्त हुआ। मेरा कार्य रेलगाड़ी में कोच मैनेजर के रूप में, यात्रियों को देश के तीर्थ स्थलों का भ्रमण करवाने का था। लोगों ने मेरे कार्य को खूब सराहा। इन तीनों शहरों की जनता से मुझे असीम प्यार एवं स्नेह मिला। 1 वर्ष के उपरांत मुझे अपनी पढ़ाई पूरी करने की सुध आई। सो मैं वह कार्य छोड़ कर वापस इलाहाबाद आ गया। जहां मैंने अपनी एमटीएम की पढ़ाई पूरी की। जैसा कि, मैंने पूर्व में बताया है कि पर्यटन की पढ़ाई करने का मेरा उद्देश्य एक पर्यटन गाइड बनना था। अतः मैंने शिक्षा पूर्ण कर लेने के उपरांत रोजगार पाने के कई अवसर तलाशे। किंतु अनुभव ना होने के कारण मुझे कहीं कार्य प्राप्त नहीं हुआ। इलाहाबाद के बाहर जाकर पर्यटक गाइड का विकल्प तलाशना एवं रोजगार के लिए संघर्ष करना मेरी क्षमता से बाहर की बात थी। मुझे हिंदी भाषा में अत्यंत रुचि थी जिससे कारण मैं किस्से- कहानियां एवं कविताएं लिखा करता था। अध्ययन में रुचि देखकर मेरी माता

ने घर पर ही एक प्ले वे स्कूल खोल दिया। स्कूल अच्छी तरह चल रहा था। जहां मैं अध्यापक का कार्य किया करता था एवं मेरे अन्य शिक्षक साथी भी थे। पर 2020 आते-आते कोरोना महामारी ने अध्यापन का कार्य बंद करने को बाध्य किया। तभी मैंने अपने खाली समय में यह रचना पूरी की जिसे कल्प नाम दिया है। आप इसे पढ़ें एवं अपने सुझाव, प्रश्न एवं शिकायतें मुझे मेरी फेसबुक आईडी, जो आशीष दुबे के नाम से है, उस पर भेजे।

अंत में सभी सुधी पाठको को अपनी कृतज्ञता एवं धन्यवाद ज्ञापित करते हुए, यह बात पूरी श्रद्धा से कहना चाहता हूं, कि मेरी रचना का भूत, भविष्य एवं वर्तमान आपके ही हाथों में है। यदि मेरी लेखनी को आपका प्यार एवं स्नेह मिलता रहा, तो भविष्य में आपको और भी अधिक ज्ञानवर्धक एवं रुचिकर रचनाएं पढ़ने को प्राप्त होती रहेगी।

धन्यवाद,
आपका स्नेहाकांक्षी,
आशीष दुबे,
प्रयागराज।

CONTENTS

Novel

आज रविवार का दिन है और तारीख है 21 मई। आज आनंद कुछ बेसुध सा अपने बिस्तर पर पड़ा हुआ है और किसी सोच में डूबा है। शायद अपने भविष्य के बारे मे। आज बारहवीं बोर्ड का परिणाम जारी हुआ है। और अभी कुछ देर पहले आनंद भी बाजार से परिणाम का अखबार लेकर आया है। तब आनंद इतना परेशान क्यों है। परिणाम में क्या हुआ? क्या आनंद का अनुक्रमांक परिणाम वाले अखबार में नहीं है?

परिणाम वाले अखबार में उन्हीं छात्रों का अनुक्रमांक छपता है जो उत्तीर्ण हुए होते हैं। और जो अनुत्तीर्ण होते हैं उनका अनुक्रमांक अखबार में नहीं छपता है।

क्या आनंद भी? हां आनंद फेल हो गया था और वह यही सोच रहा था, कि माता-पिता से क्या कहूंगा? जब वह अखबार लेने गया था तब अखबार लेते ही उसे अपनी कमीज के अंदर डाल लिया था, क्योंकि शायद परिणाम उसे पता था। जब वह घर को आ रहा था तब रास्ते में मोहित मिला था। मोहित ने पूछा- क्या

आनंद? परिणाम का क्या हुआ? आनंद ने घबराहट में जल्दी से बोला, वही प्रथम श्रेणी। जब आनंद घर में आया तब उसकी माता ने परिणाम के बारे में पूछा। आनंद ने उनसे भी प्रथम श्रेणी में उत्तीर्ण होने की बात बताई। वहीं उसकी बहन ने कहा आनंद ऐसे काम नहीं चलेगा मुंह मीठा करवाना पड़ेगा। आनंद ने सब से कहा, ठीक है। उधर उसकी मां ने आनंद के पिता को उसके प्रथम श्रेणी में उत्तीर्ण होने की सूचना दूरभाष के माध्यम से दे दी। पिताजी ने भी आनंद से बात की और बधाई देते हुए कहा, शाबाश! आनंद तुमने तो मेरा सिर ऊंचा कर दिया। शेष बातें होती रही।

आनंद जो किसी विद्यालय में बारहवीं का छात्र था और इलाहाबाद में रहता था और उसके पिता श्यामाचरण बिहार में एक सरकारी स्कूल में अध्यापक थे। उसकी माता विद्यावती एक गृहणी थी। उसकी बहन का नाम उज्जवला था और वह इलाहाबाद विश्वविद्यालय में बी ०ए ० द्वितीय वर्ष की छात्रा थी। परिवार में कुल चार सदस्य थे।

मोहित उसके मामा का लड़का था। मोहित के अलावा उसके दो और मित्र थे- अविनाश और तस्लीम। अविनाश उसके पड़ोस में रहता था एवं तस्लीम उसे एक कोचिंग सेंटर में मिला था, जहां वे साथ- साथ पढ़ते थे।

आनंद अब भी बिस्तर पर पड़े हुए कुछ सोचे जा रहा था। वह कभी खुद को दोष देता अथवा कभी भाग्य का रोना रोता। अचानक एक कविता की कुछ लाइनें उसके मस्तिष्क में गतिशील होने लगीं।

हस ले मुझ पर आज विधाता।

जिस पर था अभिमान मुझे,
जिसने किया परेशान मुझे।
कौन सा मंदिर छूटा, जिसके दर्शन ना करके पछताता।
हस ले मुझ पर आज विधाता।

आज जो मां का सपना टूटा,
उनकी ममता का आंचल छूटा।
दुनिया भर में घूम- घूमकर किसको अपना कह पाता।
हस ले मुझ पर आज विधाता।

जग मुझसे अप्रसन्न सा होता।
मैं तो बस इस बात पर रोता।
दिनकर आज ठिठोली करता, मुझसे नजर छुपाता।
हस ले मुझ पर आज विधाता।

बाबूजी, जो कल घर आएंगे।

मेरे लिए मिठाई ले लायेंगे।

उनके प्रेम का लड्डू खा कर, क्या मेरा मन हर्षाता।

हस ले मुझ पर आज विधाता।

आज जो झूठ मैने बोला है।

अपने पतन का मार्ग खोला है।

सत्य बोल कर भी, मैं कैसे अपना भाग्य बनाता।

हस ले मुझ पर आज विधाता।

इस तरह आनंद लेटे- लेटे भूत, भविष्य और वर्तमान की घटनाओं के बारे में सोच रहा था। वह कभी बीती हुई घटनाओं पर आंसू बहाता , तो कही भविष्य के प्रति चिंतित होता। वर्तमान पर वह मौन था।

एक के बाद एक कई विचारो को सोचने के बाद उसने सोचना प्रारंभ किया, जब उसका हाई स्कूल का परिणाम आया था। परिणाम में द्वितीय श्रेणी में 52 प्रतिशत अंकों के साथ उसने हाई स्कूल की परीक्षा उत्तीर्ण की थी। परंतु घर में शोक का वातावरण था। कुछ दिनों तक तो विद्यावती ने आनंद से बात भी नहीं किया था। श्यामाचरण तो आनंद को देखते ही सिर पीटकर रोने लगते और कहते, तूने तो मुझे कहीं का नहीं छोड़ा। ऐसे में एक दिन श्यामाचरण विद्यावती से कह रहे थे कि अब मैं किस मुंह से लोगों के बीच जाऊंगा। इसने तो मेरी नाक ही

कटवा दी है।

यह सब सोचकर आनंद की आंखों में आंसू आ गए। वह सोचने लगा कि कुछ ही समय पहले की तो बात है, जब उज्जवला का इंटरमीडिएट का परिणाम आया था। वह भी द्वितीय श्रेणी में 57 प्रतिशत अंकों के साथ उत्तीर्ण हुई थी। पर घरवालों को किसी बात की कमी नहीं लग रही थी। हाई स्कूल में भी उज्जवला की द्वितीय श्रेणी और 55 प्रतिशत अंक आए थे। तब भी घर वालों ने कोई सवाल नहीं किया था। शायद लड़की थी, आवश्यकता भर का पढ़ा देने के बाद उसकी शादी कर देने की सोची थी।

परंतु आनंद लड़का था, घर का चिराग एवं बुढ़ापे की लाठी। यही कारण था, जिस पर आनंद ने सबसे झूठ बोला था और अपने अनुत्तीर्ण होने की खबर छुपा ली थी और सबसे बताया था, कि प्रथम श्रेणी में उत्तीर्ण हो गया है।

आनंद सोचने लगा एवं अतीत की गहराइयों में जाने लगा। जब उसके पिताजी ने उसका दाखिला एक बड़े अंग्रेजी माध्यम के विद्यालय में करवाया था। शिक्षण का माध्यम अंग्रेजी था, किंतु घर में अंग्रेजी का कोई माहौल ही नहीं था। आनंद को अंग्रेजी समझ में नहीं आती थी। हिंदी के अतिरिक्त अन्य सभी विषय अंग्रेजी माध्यम में ही पढ़ने होते थे। इस कारण उसकी

पढ़ाई में अरुचि होने लगी और वह पुस्तक को खोल कर दिवा स्वप्नों की गहराइयों में गोते खाने लगता था।

घर में जब पास- पड़ोस की औरतें आती थी। तब उज्जवला उनके बीच बैठकर, उनसे बातें करके अपना समय व्यतीत कर लेती थी। किंतु आनंद को उनके बीच बैठने की भी मनाही थी। यदि आनंद उनके बीच बैठ भी जाता तो उसकी माता विद्यावती कहती, कि क्या औरतों के बीच बैठते हो आनंद, जाओ अपना काम करो।

अपना काम! अब यह कौन निर्धारित करें कि किसका क्या काम है। छोटी उम्र में वह समझदारी कहां से ले आता, जो उसे अपना लक्ष्य एवं काम समझ में आता। बच्चों का तो यही लक्ष्य होना चाहिए, कि वे अच्छे अंकों से उत्तीर्ण होकर एक अच्छी आजीविका का साधन प्राप्त करें। किंतु आनंद को यह बात किसी ने इस तरह नही बताई थी कि वह समझ पाता। उल्टे उसके द्वारा पढ़ाई करने पर अनुचित जोर दिया जाता था।

आनंद और याद करता है कि एक बार उसके घर उसके फूफा जी, बुआ एवं उनके बच्चे आए थे। श्यामाचरण भी घर पर ही थे। शाम हुई, विद्यावती भोजन बनाने में व्यस्त थी। श्यामाचरण किसी बात पर आनंद को पीटने लगे और कहते

कि यह पढ़ता नहीं है, सबके सामने मेरी नाक कटवा रहा है। आनंद ने रोते हुए कहा, पढ़ता तो हूं पर पढ़ाई मुझे समझ में नहीं आती है। यह सब देखकर आनंद के फूफा जी ने कहा, श्यामाचरण जी छोड़िए, आजकल के बच्चे हैं, मर्यादा पार कर देते हैं। आप इसे पढ़ाई की अहमियत समझा रहे हैं उल्टे यह आप से बहस कर रहा है।

मर्यादा! यह शब्द आनंद के मस्तिष्क को आंदोलित करने लगा। मर्यादा! मर्यादा! उसने कई बार दोहराया। फिर वह शब्दकोश में इसका अर्थ ढूंढने लगा। उसने अर्थ पाया, सीमा। उसने सोचा कि इतने से काम नहीं चलेगा। कुछ लिखना होगा। तभी कागज एवं कलम लेकर वह लिखने लगा।

सदियों से जो चलती आई साथ हमारे।
जिसके लिए हम भी बैठे हाथ पसारे।
जिसकी कहानी हमें सुनाते दादी- दादा।
वह है मर्यादा।

जिसके लिए निज सर्वस्व लुटाकर पुरुषोत्तम श्रीराम।
भाई और पत्नी संग भटके आठो याम।
चौदह वर्ष बिताए वन में जीवन सादा।
वह है मर्यादा।

लोकहित में निज आन की खातिर,

और झूठे अभिमान की खातिर।

लोक-लाज का भय दिखलाकर बड़ों ने बच्चों पर जो लादा।

वह है मर्यादा।

देव- वंदना नहीं होती है देवालय में जाने से।

सच्चा- भक्त बनता है मानव, अपना कर्तव्य निभाने से।

संयम- नियम से जीने का हम करें अटल इरादा।

वह है मर्यादा।

इतना करने पर आनंद ने कहा, अब ठीक है। अब आनंद की पीड़ा भी कुछ कम हो चली थी और उसे आत्मग्लानि भी नहीं हो रही थी। वह और सोचने लगा जब इंटरमीडिएट में दाखिला लेना था तब किसी अच्छे विद्यालय में उसका दाखिला नहीं हो पा रहा था, क्योंकि हाईस्कूल में उसके अंक अच्छे नहीं थे। तब श्यामाचरण ने बड़ी जुगाड़ से उसका दाखिला एक विद्यालय में करवाया। एवं उसे पढ़ने के लिए हमेशा कहते रहे। श्यामाचरण बाहर रहते थे एवं मां विद्यावती बेटी उज्जवला और बेटे आनंद के साथ प्रयागराज में रहती थी। माता- पिता और आनंद के बीच रिश्तो में नज़दीकियां नहीं थी। वह किसी बात को खुलकर अपने माता-पिता से नहीं कह पाता था। और यदि वह कहता भी था, तब पर भी श्यामाचरण और विद्यावती

उसे समझने का प्रयास नहीं करते थे। उल्टे वे उसे डांट देते थे

बहन उज्जवला के साथ उसके संबंध अच्छे थे। वह आनंद को समझती थी।

एक बार की बात है, जब आनंद 11वीं कक्षा में था। तब उसकी मित्रता एक ऐसे लड़के से हो गई, जो ना स्वयं पढ़ता था और ना वह आनंद को पढ़ने देता था। वह आनंद के घर में अक्सर आया करता था। और आनंद के पास बैठकर बिना सिर पैर की, दुनिया भर की बातें किया करता था। आनंद का मन जल्द ही उससे ऊबने लगा। अब वह लड़का जिसका नाम विनोद था, जब आनंद के घर आता। तब आनंद उठकर दूसरे कमरे में चला जाता। विनोद घंटों तक बैठा रहता और विद्यावती से बातें करता।

विनोद के जाने के बाद विद्यावती आनंद को डांट लगाती और कहती कोई घर आए हुए व्यक्ति से ऐसे व्यवहार करता है। आनंद कुछ कह ना पाता। बस इतना कहता कि यह लड़का मुझे पसंद नहीं है। विद्यावती कुछ ना कहती पर उज्जवला कहती, कि भाई अगर यह लड़का तुम्हें ठीक नहीं लगता तो, ठीक है, मत बात करना। मुझे भी यह ठीक नहीं लगता है।

उधर मनमुटाव के कारण आनंद और विनोद में शीत युद्ध होने

लगा। आनंद जब भी घर से बाहर होता। अक्सर कॉलेज एवं कोचिंग में जहां विनोद भी पढ़ता था। विनोद अपने दोस्तों के साथ आनंद को धमकाता था और कहता, की उससे मित्रता कर ले वरना पछताएगा। आनंद का कोई बड़ा भाई नहीं था। जिससे वह कह कर, विनोद की खबर लेता। कोई मजबूत सहारा ना होने के कारण आनंद को सब कुछ मौन होकर सहना पड़ा।

अब 11वीं की सत्रांत परीक्षाओं का समय आ चुका था। महाविद्यालय का नियम था, कि अर्धवार्षिक अथवा सत्रांत परीक्षा में से किसी एक में उत्तीर्ण हो जाने पर छात्र को बारहवीं कक्षा में प्रवेश दे दिया जाता था। अर्धवार्षिक परीक्षाओं में तो आनंद अनुत्तीर्ण हो चुका था। एवं अब सत्रांत परीक्षा से ही उसे उम्मीद थी। कुछ अन्य छात्रों की सहायता से नकल करने का अवसर प्राप्त हुआ एवं वह सत्रांत परीक्षा में उत्तीर्ण हो गया।

नकल करने का यह प्रयास आनंद के लिए नया नहीं था। इससे पहले भी जब वह छठी कक्षा में था तो परिक हो में उत्तीर्ण होने के लिए उसने नकल का सहारा लिया था। किंतु वह नकल करने में सफल ना हो सका और कक्ष निरीक्षक ने उसे पकड़ लिया। शाम को जब यह बात ट्यूशन अध्यापक को पता चली, तो वह आनंद पर बरस पड़े। और बार- बार यही कहते जा रहे थे, कि साला नकल करता है। सारा नाम ख़राब कर दिया। जब

उन्होंने जी भर के लात घूंसा चला लिया तब शांत होकर घर को चले गए। विद्यावती ने भी उन्हें रोका नहीं। और कहा जो कुछ हुआ अच्छा हुआ। आनंद की हालत बहुत खराब हो चुकी थी। उसे किसी अच्छे चिकित्सक को दिखाने की जरूरत थी। पर विद्यावती ने वह भी नहीं किया। दूसरे दिन आनंद ने उज्जवला से कहा, कि मां मुझसे बात क्यों नहीं करती है। उज्जवल ने कहा, भाई देख मां की बात और है पर नकलचोर को कौन अच्छा कहेगा। यह सब समझते हुए भी उसने दूसरी बार नकल की और सफल भी रहा।

यह सब सोचते- सोचते रात हो गई। रात का खाना भी बन कर तैयार था। आज आनंद की मनपसंद खीर बनी थी और विद्यावती बड़े प्यार से थाल सजाकर आनंद के लिए भोजन उसके कमरे में ले आईं। और कहां आनंद सोए तो नहीं हो, बेटा। लो भोजन कर लो। आम दिनों में अक्सर यही होता था, कि खाना बन जाने पर उज्जवला बाहर से ही आवाज देती थी, आनंद आओ भोजन तैयार है।

आनंद ने जैसे तैसे भोजन किया और फिर बिस्तर पर लेट गया। अब वह भावनाओं से बाहर आ चुका था और वह मानसिक रूप से भी स्वस्थ महसूस कर रहा था। उसने सोचा झूठ बोलकर प्राप्त सुख क्षणिक होता है और सत्य का पता

चलने पर वह झूठ, बहुत दुःख देता है। उसने निश्चय कर लिया कि प्रातः काल में उठकर सब से सच बता दूंगा। अब उसके मस्तिष्क में एक अन्य कविता चलने लगी, जिसे उसने इस तरह पूरा किया।

हस लूं मैं भी आज विधाता।

मैंने मां से किया था वादा,
सत्य पर प्रेम रहेगा ज्यादा।
झूँठ के जालों को काट, सत्य स्वयं अब आया पांव फैलाता।
हस लूं मैं भी आज विधाता।

पीली- पीली कंचन जैसी।
मां- तनुजा की निधियों जैसी।
नव विहान का सूचक बनकर, बड़े सवेरे, रवि आज मुस्काता।
हस लूं मैं भी आज विधाता।

मुझसे मेरा भाग्य प्रबल है।
मुझे अच्छे कर्मों का संबल है।
भाग्य का रोना रो- कर भी, क्या मैं निज कर्मों से बच पाता।
हस लूं मैं भी आज विधाता।

देव तुल्य हैं पिता हमारे।

इस जग में हैं सबसे प्यारे।

बाबू जी से झूठ बोल कर, इस जीवन में बार- बार पछताता।

हस लूं मैं भी आज विधाता।

जग में सूरज फिर आएगा।

रात का सोया जाग जायेगा।

भोर में रजनी के जाने की आहट पाकर उल्लू शोर मचाता।

हस लूं मैं भी आज विधाता।

जल्दी ही आनंद को नींद आ गई और वह सो गया। धीरे धीरे सुबह होने लगी थी। आनंद की नींद खुली तो उसने देखा, घड़ी में 6:00 बज रहे हैं। वह मां के कमरे में गया। मां भी जाग चुकी थी। मां के पास जाकर आनंद ने धीरे से कहा, मां मैं आपसे कुछ कहना चाहता हूं। विद्यावती ने कहा बोलो आनंद, आज सवेरे सवेरे तुम्हें क्या कहना है? आनंद ने कहा, मां, मैं इंटरमीडिएट की परीक्षा में अनुत्तीर्ण हो गया हूं और मैंने आपसे और सबसे झूठ बोला था कि मैं प्रथम श्रेणी में उत्तीर्ण हो गया हूं। विद्यावती कुछ समय के लिए मौन रही, फिर बोली,आनंद अनुत्तीर्ण होना कोई अपराध तो नहीं है, फिर भी तुमने सच बता कर बहादुरी का काम किया है। सच वही बोलते हैं जो साहसी होते हैं, झूठ तो कायरों का औजार होता है।

तब तक उज्जवला भी वहां आ चुकी थी और सारी बातें सुन रही

थी। उसने कहा भाई तू परेशान मत हो। इस बार अच्छे से तैयारी कर और मेहनत करके परीक्षा देगा तो अवश्य ही उत्तीर्ण हो जाएगा। तब आनंद ने कहा, मां मैं यह बात जाकर अपने दोस्तों से बताता हूं, उन्हें भी सच का पता चलना चाहिए। विद्यावती ने कहा, शाबाश! हां जरूर।

सबसे पहले वह मोहित के घर गया और उसे पूरी बात बताई। मोहित की मां, जो आनंद की मामी भी थी। उन्होंने कहा, आनंद तू तो अच्छा बच्चा है मेरी आंखों का तारा है। कोई बात नहीं बेटा। इस बार मन लगाकर पढ़ना, तू अवश्य ही उत्तीर्ण होगा। आनंद ने मोहित के परिणाम के बारे में पूछा तो पता चला कि, वह भी अनुतीर्ण हो गया है। मोहित के परिणाम के बारे में आनंद को अब पता चला। क्योंकि जब आनंद अखबार लेकर घर लौट रहा था, तब वह इतनी जल्दी में था कि मोहित से उसका परिणाम पूछना भूल गया था। आनंद ने उससे भी सहानुभूति दिखाई और कहा अब मैं घर जा रहा हूं तस्लीम मिले उसे भी बता देना। पता चला की तसलीम द्वितीय श्रेणी में उत्तीर्ण हुआ है। अब वह घर के लिए चल पड़ा।

घर आते- आते दोपहर के 12:00 बज चुके थे। उसने देखा कि घर के पास पुलिस आई हुई है। पास जाकर पता चला कि अविनाश ने परीक्षा में नकल ना करने देने पर एक बच्चे की

बुरी तरह पिटाई कर दी थी। उस बच्चे के घर वालों ने पुलिस में शिकायत दर्ज कराई थी। इसी कारण पूछताछ के लिए पुलिस अविनाश के घर आई थी। अविनाश तो घर पर नहीं था तब एक सिपाही ने थाने में अविनाश को लेकर आने के लिए कहा और वे चले गए। अविनाश के परिणाम के बारे में पता चला कि वह भी अनुत्तीर्ण हो गया है।

अविनाश की मां घबराई हुई थी। वह आनंद के घर में जाकर विद्यावती से बोली, दीदी अब क्या होगा? क्या मेरे अविनाश को पुलिस पकड़ कर हवालात में डाल देगी। विद्यावती बोली, घबराओ मत बहन अविनाश को आने दो तब थाने में भी चलूंगी। और देखती हूं कि बातचीत से समस्या का हल निकले।

घटना के बाद से अविनाश भी छिपता फिर रहा था। शाम 4:00 बजे जब अविनाश घर आया, तब उसे लेकर अविनाश की मां एवं विद्यावती थाने पहुंची। वहां पर वह लड़का जिसकी अविनाश ने पिटाई की थी और उसके माता-पिता पहले से ही मौजूद थे। अविनाश को देखते ही लड़के की आंखों में आंसू आ गए और वह डर से कांपने लगा। वह अपने पिता की ओट में छुप कर अविनाश का सामना करने से बचने की कोशिश करने लगा। अविनाश एवं घरवालों के लिए पुलिस ने बैठने की व्यवस्था की। अविनाश को देखकर दारोगा ने पूछा, क्यों मारा

था इस लड़के को। पुलिस का सामना करते ही अविनाश की हालत खराब होने लगी। वह भर आए हुए गले से बोला मैं, मैं...। इतने में दारोगा ने उसे जोर से डांटा और कहा, क्या मैं- मैं लगा रखा है? स्कूल पढ़ने जाते हो कि मारपीट करने? आनंद की मां विद्यावती बोली, थानेदार साहब, मैं उस लड़के से कुछ बात करना चाहती हूं। थानेदार ने आज्ञा दी। विद्यावती उस लड़के के पास जाकर बोलीं, बेटा। तुम क्या चाहते हो? यही न कि अविनाश भविष्य में तुम पर हाथ ना उठाए। यदि मैं अविनाश को लेकर तुम्हें पूरी तरह आश्वस्त कर दूं तो, क्या तुम अपनी शिकायत वापस ले लोगे? लड़के के माता-पिता ने कहा, बहन जी, हमारा एक ही लड़का है और भगवान ना करें, यदि इसे कुछ हो जाता तो दुनिया में हम कहां जाते।

विद्यावती बोलीं, इस बात की जिम्मेदारी मैं लेती हूं और आपको विश्वास दिलाती हूं, कि अविनाश आपके बच्चे से, आज के बाद मित्रतापूर्ण व्यवहार करेगा। दरोगा ने बोला, कि यह मुझे लिखित में दीजिए। विद्यावती ने यह लिखकर एवं अपने हस्ताक्षर के साथ दरोगा को दिया। इतना होने पर उन्होंने अपनी शिकायत वापस ले ली और सभी प्रसन्नतापूर्वक घर को चल दिए।

सभी घर आए। घड़ी में 8:00 बज चुके थे। विद्यावती और उज्जवला ने भोजन तैयार किया। सभी ने भोजन किया।

भोजन करने के बाद आनंद अपने कमरे में आ गया और बिस्तर पर लेट गया। उसका मन शांत था फिर भी एक कविता की लाइने उसके मस्तिष्क में चल रही थी।

हस लें हम सब आज विधाता।

प्रेम के बंधन में बंध, हम सब
बाटेंगे निज खुशियां हम अब,
तितली के रंगों को देख फूल, कली पर मुस्काता।
हस ले हम सब आज विधाता।

रिमझिम रिमझिम बारिश होती।
कोयल किसकी याद में रोती?
उसका दुख हरने के लिए देखो मयूर पंख फैलाता।
हस ले हम सब आज विधाता।

दीपक जले प्रकाश फैलाए।
कीटों को अपने पास बुलाए।
यह देखकर मेंढक भी साथी को अपने पास बुलाता।
हस लें हम सब आज विधाता।

हम सब मिलकर ईद मनाएं।
जीवन पथ पर बढ़ते जाएं।

मंजिल पास है देख कर राही, तेजी से कदम बढ़ाता।

हस ले हम सब आज विधाता।

आओ मिलकर होली खेलें।

हंसकर उनकी विपदा लेलें।

जो असहाय और कातर होकर अपना नीर बहाता।

हस ले हम सब आज विधाता।

धीरे- धीरे समय गुजर गया। आनंद ने इंटरमीडिएट की दोबारा परीक्षा दी और वह द्वितीय श्रेणी में उत्तीर्ण हुआ। मोहित भी द्वितीय श्रेणी में पास हुआ। और अविनाश प्रथम श्रेणी में उत्तीर्ण हुआ। अब सब ने इलाहाबाद विश्वविद्यालय में दाखिला लिया। उज्जवला ने भी अपना बी० ए ० पूरा कर लेने के बाद एम ० ए ० में दाखिला लिया। तस्लीम जो पहले से ही उत्तीर्ण हो चुका था, एक साल अभियांत्रिकी की प्रवेश परीक्षा की तैयारी करने के बाद असफल होने पर, उसने भी इलाहाबाद विश्वविद्यालय में दाखिला लिया।

आनंद और अविनाश बी ०एस ०सी० कर रहे थे और मोहित एवं तस्लीम बी ०ए०. कर रहे थे। सभी में मित्रता चरम पर थी। इसी बीच उज्जवला ने घर में एक कुत्ता पाल लिया। जिसका नाम रखा गया, सुमन। सुमन एक विदेशी प्रजाति का कुत्ता

था। घर में कोई भी आए जाए, उस पर सुमन भोंकता था। धीरे धीरे एक वर्ष व्यतीत हो गया।

आनंद और अविनाश एक साथ एक ही कक्षा में थे। बी ०एस ०सी० प्रथम वर्ष में उनके विषय थे, भौतिक शास्त्र, रसायन विज्ञान एवं गणित। द्वितीय वर्ष में उन्होंने रसायन विज्ञान को छोड़ दिया, जैसा कि एक विषय को छोड़ना होता था। इसी वर्ष विश्वविद्यालय में एक नई शिक्षिका नियुक्त हुईं। जिनका नाम था निर्मल। निर्मल बहुत ही अल्प समय में सहायक प्राध्यापिका के पद पर नियुक्त हो गई थी। निर्मल की एक बहन थी जिसका नाम कमल था। कमल भी आनंद की कक्षा में पढ़ती थी। और आनंद एवं अविनाश की अच्छी दोस्त भी थी।

निर्मल भौतिक शास्त्र की प्रवक्ता थी। एवं आनंद की कक्षा में भौतिक शास्त्र पढ़ाया करती थी।

एक बार निर्मल कक्षा में थी और बच्चों को पढ़ा रही थी। उसने कहा, बच्चों आज तक विज्ञान ने कितनी तरक्की कर ली है, फिर भी कुछ प्रश्नों का उत्तर विज्ञान के पास अभी भी नहीं है। जैसे, पानी का क्या रंग होता है? चिड़ियों का रोना कैसा होता है? या फिर पहले मुर्गी हुई या अंडा? इनमें किसी भी प्रश्न का उत्तर हमारे पास नहीं है। कक्षा में एक असहनीय शांति थी। कुछ देर बाद अविनाश ने चुप्पी तोड़ी और कहा, मैडम, पानी तो

रंग विहीन होता है। इस पर निर्मल ने कहा, दुनिया में हर वस्तु का रंग होता है। बिना रंग की कोई वस्तु नहीं होती है। इस तरह हम कह सकते हैं, कि पानी का भी कोई रंग होता है, जो हमें नहीं पता है। कक्षा में सभी छात्र उनकी बात ध्यान से सुन रहे थे। इस बार कमल ने कहा, मैडम चिड़ियां मौन होकर रोती होंगी या फिर अन्य भावनाओं की तरह रोने में भी उनके आवाज की तरंगदैर्ध्य एवं आवृत्ति में अंतर होता होगा। निर्मल ने कहा, शायद! ठीक है। बैठ जाओ। इस बार आनंद ने कहां, मैडम पहले मुर्गी आई या अंडा इसका उत्तर मेरे पास है। निर्मल ने कहा, शाबाश! बताओ। आनंद ने कहा, पहले आई मुर्गी फिर उसका अंडा। निर्मल ने कहा, कैसे? आनंद ने कहा, मुर्गी से पहले जो कुछ था, शायद अंडा या फिर चूजा। वह मुर्गी का नहीं था। इसलिए पहले मुर्गी आई फिर आया उसका अंडा। यह ठीक उसी तरह है, जैसे, पहले माता-पिता आए, फिर उनके बच्चे हुए। उसका उत्तर सुनकर निर्मल हैरान थी। निर्मल ने कहा, ठीक है! मैं सोचती हूं। तब तक कक्षा का समय खत्म हो चुका था और घंटी भी बजने लगी। सभी कक्षा से बाहर चले गए।

समय व्यतीत हो रहा था। एक बार अविनाश किसी काम से आनंद के घर गया। जहां वह लापरवाही से सुमन को भूल गया और सीधा अंदर चला गया। सुमन अविनाश से परिचित था,

क्योंकि, अविनाश अक्सर आनंद के घर आया करता था। पर उस दिन अचानक सुमन कहीं से आया और अविनाश को काट लिया। अविनाश के पैरों में घाव हो गया और अविनाश चिल्लाने लगा। इस पर किसी ने कुछ नहीं कहा। सबने अविनाश को संभाला और सुमन को भी रस्सी से बांधा। अविनाश किसी तरह अपने घर गया और अपने घर वालों को पूरी बात बताई। घर वालों ने ना आव देखा न ताव और पुलिस में शिकायत कर दी। पुलिस वालों ने जांच की और अपनी रिपोर्ट निचली अदालत में दाखिल की। जहां यह कहा गया की सुमन पागल हो चुका है और वह सभी के लिए खतरनाक है। जज ने अपना फैसला सुनाया, कि नगर निगम के अधिकारियों को सुमन को पकड़कर अपने बाड़े में रखना चाहिए और वहीं पर उसे खत्म कर देना चाहिए।

जब नगर निगम के अधिकारी आनंद के घर आए, तो सभी का रो-रो कर बुरा हाल था। विशेष रुप से उज्जवला का, उसने तो तीन दिन तक अन्न- जल ग्रहण नहीं किया। धीरे धीरे समय कुछ और आगे निकल गया। और आनंद एवं अविनाश में दूरी बढ़ती चली गई। अब वे एक दूसरे के दुश्मन थे।

इधर विश्वविद्यालय में निर्मल का लगाव अविनाश से होने लगा। एवं अविनाश कमल से प्यार करने लगा और कमल

आनंद को चाहती थी। और आनंद निर्मल के प्रति आकर्षित था। प्यार और लगाव के इतने फेरे कि जिसमें कोई उलझे तो उलझता ही चला जाए।

सबने अपनी- अपनी तरफ से अपना प्यार दूसरे को जताना चाहा, किंतु दूसरा था कि, समझना ही नहीं चाहता था। निर्मल ने कई बार अविनाश को जताया कि वह उसके लिए कितना महत्वपूर्ण है। पर अविनाश ने उसकी परवाह नहीं की। अविनाश कमल को चाहता था और उसे यह बात भी बुरी लगती थी, कि कमल आनंद से प्यार करती है। शायद इस बात से भी ज्यादा की कमल उसे नहीं चाहती थी।

इनमें सबसे समझदार निर्मल थी, इसलिए अपने प्यार को पाने के लिए अधिक प्रयास उसने ही किया। आनंद और अविनाश की दुश्मनी के बारे में उसे पता था। इसलिए अविनाश को सताने के लिए निर्मल आनंद से झूठा लगाव दिखाने लगी। जब वह कक्षा में अन्य विद्यार्थियों की तुलना में आनंद से अधिक विनम्रता और कोमलता से बातें किया करती, तो अविनाश को बहुत जलन होती। वह मन ही मन निर्मल से घृणा करने लगा। और कमल की ओर पहले से भी अधिक झुकने लगा। आनंद को निर्मल के षड्यंत्र के बारे में कोई जानकारी नहीं थी। वह तो यही समझ रहा था, कि उसे उसका मनपसंद जीवनसाथी मिल

चुका है। पढ़ाई पूरी कर लेने के बाद, आत्मनिर्भर हो जाने पर, वह निर्मल से शादी कर लेगा।

सभी अपनी अपनी पढ़ाई में लगे रहे। निर्मल के पढ़ाने का अंदाज अन्य सभी साथी प्रवक्ताओं से अलग था। इस कारण बच्चे निर्मल को अधिक पसंद करते थे। विश्वविद्यालय में निर्मल के कई दीवाने थे। पर निर्मल अविनाश पर आसक्त थी। वह किसी भी हाल में अविनाश को अपना बनाना चाहती थी।

एक बार निर्मल कक्षा में थी जहां आनंद एवं अन्य सभी छात्र उपस्थित थे। निर्मल ने पढ़ाते- पढ़ाते पूछा की दूरी का एस.आई. मात्रक क्या हैं? सब ने कहा मीटर। निर्मल ने आगे कहा, संख्याएं 1 से लेकर अनंत तक होती है। अनंत को अंग्रेजी में हम इंफिनिटी भी कहते हैं। निर्मल ने फिर कहा, क्या तुम बता सकते हो की प्लस इंफिनिटी के बाद कौन सी संख्या आती है? कक्षा में सभी शांत थे और उत्तर की प्रतीक्षा में थे। तभी आनंद ने कहा, मैडम, प्लस इंफिनिटी के बाद माइनस इंफिनिटी आता है। निर्मल ने कहा, वाह! क्या जवाब है। क्या तुम समझा सकते हो?

आनंद ने कहा, मैडम सभी चीजें बिंदु से ही उत्पन्न होती हैं एवं उनका प्रसार होता है। एक निश्चित प्रसार के बाद संकुचन होने

लगता है एवं वह वस्तु बिंदु में ही विलीन हो जाती है। अतः घूम फिर कर वहीं आ जाते हैं, जहां पर हम थे। निर्मल ने कहा, शानदार! आनंद ने आगे कहा, मैडम। हम इसे गुरुत्वाकर्षण के नियम से भी समझ सकते हैं। जैसे यदि पृथ्वी में पर्याप्त द्रव्यमान हो एवं यदि कोई पत्थर आकाश में उछाला जाए, तब वह पत्थर सीधी रेखा में गति करने की अवस्था में होगा। किंतु पृथ्वी के गुरुत्वाकर्षण से वह वृत्ताकार मार्ग पर चलेगा एवं पुनः पृथ्वी पर आ जाएगा। इस तरह उस पत्थर के द्वारा तय की गई अनंत दूरी पुनः शून्य पर आकर स्थिर हो जाएगी। निर्मल के पसीने छूटने लगे। वह बोली, तुम कह तो सही रहे हो, पर मैं सोचूंगी। आनंद में एक विशेषता थी। वह यह कि जब वह बोलता था तब उसका मस्तिष्क गणना करते हुए उत्तर उसकी बातों में डाल देता था। जिससे वह बिना पूर्व तैयारी के ही उत्तर दे लेता था।

कक्षा का समय समाप्त हो जाता है और सभी बाहर चले जाते हैं। इस बीच आनंद और निर्मल विश्वविद्यालय के बाहर भी मिलते थे। वे एक दूसरे के साथ रहकर समय व्यतीत करते थे। आनंद तो यह अपनी खुशी से करता था, किंतु, निर्मल को मजबूरी में करना पड़ता था। वह चाहती थी आनंद पढ़ाई ना करे और अनुत्तीर्ण हो जाए, साथ में अविनाश को तैयारी का अधिक समय मिले और वह अच्छे अंको से उत्तीर्ण हो।

श्यामाचरण अभी भी बिहार में शिक्षा विभाग में कार्यरत थे। वर्ष में दो तीन बार उनका इलाहाबाद आना लगा रहता था। एक बार जब वे घर पर आए। उस समय माघ का महीना था और इलाहाबाद में कुंभ मेले का आयोजन हो रहा था। श्यामाचरण की छुट्टियां अच्छे से व्यतीत हो रही थी। तभी बिहार में ही रहने वाले उनके एक परिचित का परिवार कुंभ मेले को देखने के लिए उनके घर पर आकर ठहर गया। श्यामाचरण स्वभाव से नरम थे पर उन्हें क्रोध जल्दी आ जाता था। उनके परिचित का परिवार जिसमें तीन महिलाएं और दो बच्चे थे, उनके साथ उनके घर पर ही ठहरे थे। वे महिलाएं कोई काम नहीं करती थी। बस बिस्तर में रजाई ओढ़ कर लेटी रहती थी एवं उनके बच्चे पूरे घर में दौड़ लगाते थे। विद्यावती और उज्जवला मिलकर घर का सारा काम करती थीं और उनके लिए समय-समय पर चाय नाश्ता एवं भोजन तैयार करते थे। आनंद को यह सब अच्छा नहीं लगता था। एक बार जब एक महिला ने आनंद से कहा, बेटा थोड़ा चाय बना लाना। आनंद ने तुरंत उत्तर दिया, जाकर स्वयं बना लो। मेरे घर में ताला नहीं दिया हुआ है। श्यामाचरण भी वहीं मौजूद थे। उन्होंने आनंद को एक थप्पड़ रसीद कर दिया और कहा, बड़ों से कैसे बात करते हैं, तुम्हें अब सिखाना पड़ेगा। घर में आया अतिथि भगवान के समान होता है उसका आदर करना चाहिए, यह भी तुमको

बताना पड़ेगा। आनंद की मां ने कहा बच्चे पर किसका गुस्सा उतार रहे हैं? महिलाओं में से एक ने कहा, छोड़िए श्यामाचरण जी बच्चे के मुंह मत लगिए। खैर चाय बनी और सब ने पी। इसी तरह एक हफ्ते बाद वे सभी जाने के लिए तैयार हुए। श्यामाचरण ने कहा, जा रहे हैं आप लोग? महिलाओं ने कहा, अभी रुकने का तो मन था, लेकिन बच्चों की पढ़ाई का नुकसान हो रहा है। फिर कभी मौका मिला तो हम अवश्य आएंगे। जाते-जाते उन महिलाओं ने उज्जवला एवं विद्यावती को सौ- सौ रुपए दिए। उन्होंने आनंद को भी रुपए देने चाहे, पर आनंद ने मना कर दिया। आगे, वे सभी चले गए।

माघ मेला बीत गया और श्यामाचरण की छुट्टियां भी समाप्त हो गई सो वे बिहार चले गए। इधर विश्वविद्यालय में क्रिकेट का मैच होने वाला था। मैच के लिए दो टीमें विश्वविद्यालय के छात्रों की बनाई गई थी। संयोग से एक टीम में आनंद था, जो उस टीम का कप्तान भी था और दूसरी टीम का कप्तान स्वयं अविनाश था। आनंद अविनाश दोनों क्रिकेट अच्छा खेलते थे। जहां आनंद एक अच्छा बल्लेबाज था। वहीं दूसरी तरफ अविनाश एक अच्छा गेंदबाज था। वह दिन भी आ गया जब क्रिकेट मैच होना था। दोनों टीमें मैदान पर उतर गई। टॉस हुआ और अविनाश की टीम ने टॉस जीतकर पहले बल्लेबाजी करने का निर्णय लिया। मैच एकदिवसीय था। अविनाश की

टीम ने तीन सौ छह रन बनाए और जीत के लिए तीन सौ सात रनों का लक्ष्य रखा। आनंद की टीम तीव्र गति से रन तो बना रही थी, परंतु एक-एक करके उसके सारे विकेट गिर रहे थे। आनंद मध्यक्रम का बल्लेबाज था। वह पांचवें नंबर पर बल्लेबाजी करने मैदान में उतरा। उसके आने से पहले क्रिकेट स्कोर 221/4 था। यहां एक घटना और घट जाती है। जब आनंद बल्लेबाजी के लिए तैयार हो रहा था। तब उसे पता चलता है कि उसका पांव में पहना जाने वाला जरूरी पैड गायब है। सभी खिलाड़ियों के पास उनका खुद का खेलने का सामान होता है। उसे चिंतित देखकर निर्मल उसके पास आई और परेशानी का कारण पूछा। आनंद ने बताया कि उसके पैरों का पैड चोरी हो गया है। निर्मल ने कहा, कोई बात नहीं, मैं तुम्हें दूसरा पैड लाकर देती हूं और उसने एक नया पैड लाकर आनंद को दिया। निर्मल का यह पैड खराब एवं सस्ता था। निर्मल यह जानती थी कि जब आनंद बल्लेबाजी करेगा तभी अविनाश गेंदबाजी भी करेगा। अंततः, आनंद बल्लेबाजी के लिए मैदान में उतरा और अगले ओवर में गेंद डालने का मौका अविनाश को मिला। अविनाश ने पहली गेंद फेंकी जो सीधी जाकर आनंद के पैर पर लगी। आनंद जमीन पर गिर पड़ा और उसके पांव में फैक्चर हो गया। किसी तरह उसको मैदान से बाहर ले जाया गया। जल्दी ही आनंद की टीम के सभी खिलाड़ी आउट हो गए और आनंद की टीम यह मैच हार गई।

आनंद उपचार के लिए अस्पताल में भर्ती हो गया और उसकी देखभाल के लिए उज्जवला को अस्पताल में रहना पड़ता था। विद्यावती सुबह- शाम दोनों के लिए भोजन लेकर अस्पताल जाती थीं। एक दिन अस्पताल में आनंद से मिलने कमल आई। और उसने निर्मल की सच्चाई आनंद से बताई। उज्जवला भी वहां मौजूद थी। दोनों ने मिलकर आनंद को समझाने की कोशिश की। किंतु आनंद जो निर्मल के लिए अपनी जान तक देने को तैयार था। उसे विश्वास ही नहीं हो रहा था कि निर्मल उसे बेवकूफ बना रही है और उसके साथ ऐसा घिनौना खेल खेल रही है। कुछ ही देर में आनंद से मिलने तस्लीम भी आ जाता है। उज्जवला एवं निर्मल ने पूरी बात तस्लीम को भी बताई। अभी बात चल ही रही थी कि तभी वहां निर्मल आ गई। उसे देख सब शांत हो गए। मगर आनंद रो पड़ा। उसने निर्मल से कहा, तुमने मेरे साथ ऐसा क्यों किया? मैंने तुम्हारा क्या बिगाड़ा था जो तुमने मुझसे ऐसी दुश्मनी निभाई। उसके ऐसा कहने पर निर्मल ने कहा, आनंद तुम भी दूसरों की बातों में आ गए। मेरी तरफ देखो और फिर कहो, कि मैं तुम्हारे साथ ऐसा कर सकती हूं। बोलो आनंद, तुम चुप क्यों हो? आनंद उसकी बातों में आ गया और उसका दिल पिघल गया। उसका सारा गुस्सा भी ठंडा पड़ चुका था। वह निर्मल से लिपट कर बहुत देर तक रोता रहा। निर्मल उसे शांत कराकर चली गई। उधर कमल

ने उज्जवला और तस्लीम के साथ मिलकर एक योजना बनाई। जिसमें निर्मल की सच्चाई को सबके सामने लाना था।

आनंद के साथ हुई दुर्घटना की जानकारी प्राप्त होने पर श्यामाचरण आकस्मिक अवकाश लेकर इलाहाबाद पहुंच गए। वे आनंद से मिले और कहा, आनंद कहीं भी जाओ या कुछ करो, तो बेटा, सबसे पहले अपनी सुरक्षा का ध्यान रखना चाहिए। दुर्घटनाएं बताती हैं कि हम कितने लापरवाह हैं।

इधर ऐसा कहने पर भी, घर में जाकर श्यामाचरण और विद्यावती के बीच बहुत झगड़ा हुआ। दोनों एक दूसरे को दोष दे रहे थे और एक दूसरे की कमियां गिना रहे थे। खैर, कुछ दिन बाद श्यामाचरण लौट गए। एवं आनंद भी अस्पताल से डिस्चार्ज होकर घर आ गया। पैर में बंधा प्लास्टर कटने के लिए अभी एक महीना और लगना था। सो आनंद घर में रह कर आराम करने लगा।

इधर उज्जवला और तस्लीम कमल के साथ मिल कर निर्मल की जासूसी करने लगे। बहुत दिनों तक कोई सबूत उनके हाथ नहीं लगा। पर एक दिन जब निर्मल अपने विभागीय कार्यालय मे थी। कमल भी वहां आ गई। उसने देखा कि, अलमारी खुली पड़ी है और निर्मल उसमें कुछ ढूंढ रही है। कमल को देखकर निर्मल हड़बड़ाहट में उठी एवं अलमारी में रखे हुए लेग पैड नीचे

गिर गए। कमल ने लेग पैड उठा लिए एवं उज्जवला और तस्लीम के साथ उपकुलपति के कार्यालय पहुंची। वहां उन्होंने उपकुलपति से निर्मल के बारे में सारी बाते बताई। उपकुलपति ने जांच करने की बात कही और उन्हें भरोसा दिलाया कि अगर निर्मल ने अपराध किया है तो उसे दंड अवश्य मिलेगा। उसी दिन उपकुलपति ने सभी प्रवक्ताओं की मीटिंग बुलाई और उन्हें निर्मल पर लगे आरोपो के बारे में अवगत कराया। उपकुलपति ने तीन सदस्यों की कमेटी बनाकर जांच करने के आदेश दिए एवं रिपोर्ट एक सप्ताह के भीतर देने को कहा।

आगे विश्वविद्यालय की सत्रांत परीक्षाएं होने वाली थी। सभी छात्र उसकी तैयारी में लग गए। सभी ने परीक्षा दी। आनंद ने भी किसी तरह अपनी परीक्षा दी। सभी उत्तीर्ण हुए एवं उज्जवला का एम ० ए ० का पाठ्यक्रम पूरा हुआ। इसके साथ ही उसने लोक सेवा के क्षेत्र में जाने के लिए एक वर्ष घर में ही रहकर तैयारी करने लगी। आनंद एवं अविनाश तथा मोहित एवं तस्लीम, सभी अपने पाठ्यक्रम के निर्णायक वर्ष में पहुंच गए। जहां आनंद एवं अविनाश बी ०एस ०सी० अंतिम वर्ष तथा मोहित एवं तस्लीम बी ०ए० अंतिम वर्ष में पहुंच गए।

जैसा कि कहा गया था, कि जांच रिपोर्ट एक सप्ताह में आनी थी। कमेटी के हाथ एक और सबूत लगा जो ठोस एवं जरूरी

था। वह यह कि अविनाश ने कमल से भौतिक शास्त्र की किताब मांगी थी। अविनाश वह किताब अपने पास ही रखता था एवं पढ़ता था। एक दिन निर्मल ने अविनाश से वह किताब मांगी और अपना प्रेम पत्र रखकर वह किताब अविनाश को वापस लौटा दी। संयोग से अविनाश ने किताब नहीं खोली और वह किताब कमल को वापस कर दी। कमल ने जब पढ़ने के लिए वह पुस्तक खोली तो उसे उसमे वह प्रेम-पत्र मिला। जिसमें अविनाश को लेकर निर्मल के दिल की बातें लिखी थी। जांच कमेटी को कड़ियां जोड़ने में वक्त नहीं लगा। और उसने अपनी जांच रिपोर्ट उपकुलपति को सौंप दी। जिसमें निर्मल के विरुद्ध लगे सभी आरोप सही साबित हुए। इसके बाद निर्मल को विश्वविद्यालय से निलंबित कर दिया गया एवं उसके साथ कानूनी कार्यवाही भी की गई, जिससे उसे जेल हो गई। अब आनंद के सामने सारी बातें साफ हो चुकी थी। तस्लीम के संपर्क में रहते हुए उज्जवला का झुकाव उसकी तरफ होने लगा था। किंतु जब बात बढ़ने लगी और घर वालों के कानों में पहुंची। तब दोनों के घरवालों ने इस रिश्ते से इंकार कर दिया। क्योंकि दोनों ही पक्ष अंतर्जातीय विवाह के विरूद्ध थे। उज्जवला और तस्लीम दोनों दुखी थे पर उज्जवला ने इसे अपने कैरियर के लिए एक मौका समझा और पूरे मन से अपनी पढ़ाई में जुट गई। तस्लीम के घर वालों ने जल्दी ही अपनी रिश्तेदारी में ही एक लड़की ढूंढकर उससे तस्लीम का

निकाह कर दिया। एवं तस्लीम ने अपनी पढ़ाई बीच में ही छोड़ दी और अपने पिता की दर्जी की दुकान में काम सीखने लगा। फिर उसने कभी उज्जवला से मिलने की कोशिश नहीं की। एवं अपने जीवन में संतुष्ट रहने लगा। दिन इसी तरह बीत रहे थे, कि तभी अचानक कुछ ऐसा होता है, कि जिसकी किसी ने उम्मीद भी नहीं की थी।

एक दिन आनंद ने कहा, मुझे पढ़ाई के साथ-साथ अब धन भी कमाना है। उसकी यह बात सुनकर विद्यावती और उज्जवला आश्चर्य में पड़ गए। विद्यावती ने कहा, धन तो कमाना है बेटा, परंतु पहले अपनी पढ़ाई तो पूरी कर ले। बिना तैयारी के भला कौन सी नौकरी करेगा तू? आनंद ने कहा, मां मुझे जो भी नौकरी मिल जाएगी उसे कर लूंगा। चाहे वह कितनी छोटी से छोटी क्यों ना हो। उसकी बात सुनकर उज्जवला ने कहा, भाई तू नौकरी करेगा तो तेरी पढ़ाई में बाधा आएगी। पहले तू अपनी पढ़ाई पूरी कर ले। फिर बाद में सोचना, कि क्या काम करना है? पर आनंद तो हट करके बैठा था, कि मुझे अब पैसे कमाने हैं। सो जल्दी से श्यामाचरण को आनंद के निर्णय के बारे में अवगत कराया गया। दूरभाष के माध्यम से विद्यावती ने श्यामाचरण से बात की और कहा, आनंद अब बड़ा हो चुका है। वह सही और गलत में फर्क करने की स्थिति में आ चुका है। अब वह चाहता है कि जल्दी से अपने पैरों पर खड़ा हो जाए और

आत्मनिर्भर बने। तो इसमें बुराई ही क्या है? श्यामाचरण ने कहा, पढ़ाई का समय एक बार खो जाने पर जीवन में दोबारा नहीं मिलता है। वह पढ़ ले अन्यथा आर्थिक तंगी का बोझ उसे जीवन भर ढोना पड़ेगा। विद्यावती ने श्यामाचरण की बात आनंद से करवाई। श्यामाचरण ने आनंद को एक उदाहरण देकर समझाते हुए कहा, बेटा कुम्हार का घड़ा पहले चाक पर चढ़ता है फिर आंव में पकता है उसके बाद कहीं जाकर वह जल भरने के उपयोग में आता है। अभी पढ़ाई कर लो उसके बाद किसी अच्छी नौकरी की परीक्षा के लिए तैयारी करना एवं परीक्षा उत्तीर्ण करने के पश्चात ही धन कमा सकोगे। पर आनंद अपनी बात पर अड़ा रहा, श्यामाचरण ने गुस्से में आकर फोन काट दिया।

अगले दिन आनंद प्रात उठकर बाजार गया एवं समाचार पत्र खरीद कर घर ले आया। उसने समाचार पत्र में सीधे विज्ञापन वाला पन्ना खोला और रोजगार के अवसर देखने लगा।अखबार में विज्ञापन वाले पन्ने पर एक जगह कॉल सेंटर की नौकरी के बारे में विज्ञापन दे रखा था। उसमें दिए गए फोन नंबर पर आनंद ने फोन करके बात की एवं बताया कि वह इस नौकरी के पात्र के रूप में अपनी उम्मीदवारी घोषित करता है। दिए गए नंबर पर बात करने के उपरांत उसे पता चला कि अगले दिन ही उसे साक्षात्कार के लिए जाना है। उसने यह बात

विद्यावती को बताई। विद्यावती ने श्यामाचरण को फिर फोन लगाया और कॉल सेंटर में नौकरी के लिए साक्षात्कार की बात कही। श्यामाचरण भी क्या करते? वे भी तैयार हो गए और आनंद को खुशी मन से साक्षात्कार के लिए जाने को कहा।

आनंद ने साक्षात्कार दिया और वह तुरंत नियुक्त भी कर लिया गया। कॉल सेंटर में उसकी नौकरी का समय सुबह 10:00 बजे से रात 10:00 बजे तक अर्थात बारह घंटे का था। वह प्रतिदिन अपनी नौकरी के लिए साइकिल से जाया करता था। उसका मासिक वेतन 6000 था। परंतु सप्ताह में किसी भी दिन उसको अवकाश नहीं मिलता था। आनंद ने साइकिल चलाकर किसी तरह एक महीने अपनी नौकरी पूरी की। अगले माह श्यामाचरण ने आनंद के पैसों में कुछ अपना धन मिलाकर उसके लिए एक दो- पहिया वाहन खरीद दिया। अब आनंद बड़े शान से अपनी नौकरी के लिए घर से निकलता और अपने कार्यस्थल में जाकर बहुत ही मन लगाकर अपना कार्य करता। उसके कार्यस्थल में सभी उसके मित्र बन गए थे। क्योंकि वह विनम्र एवं मृदुभाषी था। वहीं पर एक लड़की जिसका नाम उन्नति था, उससे आनंद का जुड़ाव ज्यादा हो गया था। उससे बात करने पर आनंद को पता चला, कि रात 10:00 बजे उसे घर जाने में दिक्कत होती है, क्योंकि 10:00 बजे कोई बस नहीं मिलती इस कारण उसे ऑटो करके जाना पड़ता

है जिससे महीने में वह पैसे नहीं बचा पाती है। आनंद ने निर्णय लिया कि वह अब से उसको घर तक छोड़ने जाया करेगा।

आनंद के घर से उसका ऑफिस 8 किलोमीटर की दूरी पर था एवं उन्नति का घर 15 किलोमीटर उसी सड़क पर और आगे था। आनंद इस तरह रोज रात को 10:00 बजे उन्नति को उसके घर छोड़ने जाया करता था। उसके बाद लौट कर अपने घर आता था। इसी तरह करते हुए महीने भर और बीते। महीने के अंत में आनंद ने देखा की कुछ खास पैसे नहीं बच रहे हैं। अब शायद दूसरी नौकरी करनी चाहिए। किंतु समय बीतने पर आनंद और उन्नति में प्यार हो गया। अब वह चाह कर भी अपनी इस नौकरी को छोड़ नहीं पा रहा था। कभी-कभी वे छुट्टी लेकर घूमने-फिरने और मस्ती करने के लिए भी जाया करते थे। जिस कारण आनंद को दूसरों से पैसे उधार लेने पड़ते थे। फिर वह अपनी मां से अथवा बहन से पैसे लेकर अपने ऋण का भुगतान किया करता था। घर आने पर वे देर रात तक बातें किया करते थे। विद्यावती को अभी आनंद के इस प्रेम- प्रसंग के बारे में पता नहीं था। पर आनंद को देर रात तक किसी से बात करते हुए सुनती तो उन्हें कुछ शंका होने लगी थी। पर पूरी बात ना जानने के कारण उन्होंने आनंद को कभी टोका नहीं। पर एक बार महीने के अंत में विद्यावती ने आनंद से उसकी कमाई के बारे में पूछा। तब आनंद ने कहा, मां   6000 क्या

होता है? आने जाने में तेल खर्च एवं जेब खर्च में ही रुपए व्यय हो जाते हैं। बचत कहां से होगी? इस पर आनंद की मां ने कहा, बेटा बचत नहीं है तो दूसरी नौकरी कर ले। पर आनंद ने बहाने बनाते हुए कहा, मां दूसरी नौकरी कहां रखी है। दूसरी किसी नौकरी के लिए मेरे पास कौशल नहीं है। और फिर इस नौकरी को करते हुए मुझे छह माह हो चुके हैं। मैंने सुना है, यदि मैं अपना काम मेहनत और ईमानदारी से करूंगा तो मेरी तरक्की हो जाएगी और वेतन भी बढ़ जाएगा।

इसी तरह दिन बीत रहे थे कि एक बार श्यामाचरण घर आए और आनंद से उसकी बचत के बारे में पूछा। आनंद ने वही सब बातें जो विद्यावती को सुनाई थी अपने पिता को भी कह सुनाई। इस पर श्यामाचरण ने कुछ नहीं कहा, पर एक बात कही, बेटा बचत हमारे आने वाले कल को सुरक्षित करता हैं। भगवान ना करें, कल को यदि मुझे अथवा तुम्हारी माताजी को कुछ हो जाए, तब तुम क्या करोगे? घर कैसे चलाओगे? एवं कल को जब तुम्हारी शादी होगी, तुम्हारे बच्चे होंगे, तब उनके लिए क्या करोगे? श्यामाचरण ने अपनी बातें बड़े प्यार से समझाई, पर आनंद को कुछ समझ में नहीं आया। वह उन्नति के प्यार में इतना खो चुका था, कि उसे किसी भी कीमत पर खोना नहीं चाहता था।

इसी बीच उज्जवला की लोक सेवा आयोग की परीक्षा की तारीख भी आ गई। उज्जवला की पढ़ाई निरंतर जारी थी। वह समय के विपरीत दौड़ रही थी। आखिर वह दिन भी आया जब उसने अपनी प्रारंभिक परीक्षा दी। घर आकर जब उसने प्रश्नों के उत्तरों की जांच की तो उसे पता चला की डेढ़ सौ प्रश्नों में उसने मात्र 90 प्रश्न सही हल किए हैं। अब वह मुख्य परीक्षा के लिए शंका में घिर गई कि क्या वह मुख्य परीक्षा दे पाएगी? अथवा नहीं। फिर उसने सोचा कि पढ़ाई कभी व्यर्थ नहीं जाती है। मुझे मुख्य परीक्षा की तैयारी करनी चाहिए। फिर उसने मुख्य परीक्षा की तैयारी शुरू कर दी।

इसी बीच रक्षाबंधन का त्यौहार भी मनाया गया। सब ने अपनी- अपनी बहनों से राखी बंधवाई और उनकी रक्षा का वचन दिया। आज का दिन आनंद और उज्जवला के लिए भी महत्वपूर्ण था, क्योंकि उज्जवला आनंद की इकलौती बहन थी एवं आनंद उज्जवला का इकलौता भाई था। उन्होंने भी त्योहार बड़े हर्ष और उल्लास के साथ मनाया। आज भी आनंद की छुट्टी नहीं थी। पर आनंद में अपने वरिष्ठ से विशेष अवकाश की मांग की थी, इसलिए वह घर पर था। उधर उन्नति ने भी अवकाश लेना चाहा था पर उसे अवकाश नहीं मिला, क्योंकि उसके कोई भाई या बहन नहीं थे उसके घर में वह एवं उसकी मां, ये दो लोग ही रहते थे। बहुत समय पहले उसके पिता का

देहांत हो चुका था। तब से उसकी मां ने किसी तरह उसे बड़ा किया और कुछ वयस्क होने पर उन्नति ने कमाना शुरू कर दिया था। तथा उसकी माता का स्वास्थ्य भी ठीक नहीं रहता था। उन्नति की कमाई के आधे पैसे उसकी मां की दवा में व्यय हो जाते थे। एवं आधे से वे अपना गुजारा करती थीं। रक्षाबंधन पर उज्जवला ने कहा, भाई मेरा उपहार कहां है? आनंद ने बहाने बनाते हुए कहा, तेरा सबसे बड़ा उपहार तो मैं स्वयं हूं। मैं जीवन भर तेरी रक्षा एवं सेवा करूंगा। तुझे भला इन सस्ते उपहारों से क्या लाभ? उज्जवला ने हसते हुए कहा, अरे तू तो सयाना हो गया है। बहुत बड़ी-बड़ी बातें करने लगा है। सच कहूं तो मुझे तेरे जैसा भाई और उससे भी बढ़कर एक मित्र प्राप्त करके अति प्रसन्नता होती है।

इसी तरह दशहरा और दीपावली के त्यौहार भी मनाए गए। दीपावली मनाने के लिए श्यामाचरण भी छुट्टी लेकर घर आए। दीपावली के त्यौहार पर भी आनंद को अवकाश नहीं मिला एवं प्रतिदिन की तरह वह सुबह 10:00 बजे अपने कार्यालय चला गया। विद्यावती और उज्जवला दिन भर त्यौहार के लिए तैयारी करते रहे। रात में जब आनंद घर वापस आया, तब श्यामाचरण ने उससे पूछा। आनंद जब तुम्हारा ऑफिस 10:00 बजे बंद हो जाता है तब इतनी देर क्या करते हो? आनंद ने कहा, मेरा एक मित्र है। उसे उसके घर तक छोड़ता हूं और फिर

वापस घर आता हूं। श्यामाचरण ने कहा, उससे तुम्हें क्या मिलता है? क्या वह गाड़ी में इंधन भरवाने के लिए कुछ रूपए देता है? आनंद ने कहा, नहीं। इतना सुनते ही श्यामाचरण आग- बबूला हो गए। उन्होंने कहा, मूर्खता की भी सीमा होती है। यह तो पागलपन दिखा रहा है। इसे शायद नहीं पता कि इसका वह मित्र इसका उपयोग कर रहा है। वह इसकी मूर्खता का अनुचित लाभ ले रहा है। इतना कहने पर आनंद चिल्ला पड़ा, मुझे अपने लाभ एवं हानि के बारे में पता है। मैं मूर्ख नहीं हूं। और मैं पागल भी नहीं हूं। इस पर श्यामाचरण जोर- जोर से चिल्लाने लगे। इस पर विद्यावती बोली, वर्ष भर बाद आने वाले त्यौहार के दिन आप लोग क्यों हंगामा करते हैं? अब आनंद बड़ा हो गया है। इसे अपने जीवन में निर्णय लेने का अधिकार मिलना चाहिए। किसी तरह श्यामाचरण शांत हुए। सभी ने देवी लक्ष्मी और भगवान गणेश के सामने मस्तक टेके और प्रार्थना की एवं भविष्य के लिए मंगल कामनाएं की। विद्यावती ने सबको प्रसाद दिया। एवं सभी ने दीपावली का त्योहार मनाया।

उज्जवला का प्रारंभिक परीक्षा का परिणाम आ चुका था। जिसमें उज्जवला उत्तीर्ण हो गई थी। घर में प्रसन्नता की लहर दौड़ गई। उज्जवला ने अपने सभी जानने वालों और रिश्तेदारों को अपनी प्रारंभिक सफलता के बारे में अवगत कराया।

दूरभाष द्वारा श्यामाचरण को भी सूचना दे दी गई। श्यामाचरण उज्जवला की इस सफलता से गदगद हो गए और बोले, शाबाश! बेटा, तुम इसी तरह मेहनत करो एवं मुख्य परीक्षा में भी तुम अवश्य ही सफल होगी। अब उज्जवला ने मुख्य परीक्षा की तैयारी तेज कर दी थी। इधर अविनाश ने भी अपनी पढ़ाई निरंतर बनाए रख्खी। उसका लक्ष्य साफ था। उसे यूजीसी नेट की परीक्षा देकर भौतिक विज्ञान में शोध करना चाहता था एवं एक वैज्ञानिक बनना चाहता था। इसलिए वह एम ०एस ०सी० करने के बाद इसरो या भाभा परमाणु अनुसंधान केंद्र में जाना चाहता था । तस्लीम अपनी पढ़ाई छोड़ चुका था। उधर मोहित भी संस्कृत विषय में सहायक प्राध्यापक बनना चाहता था। वह भी लगातार पढ़ रहा था।

माघ का महीना था और इलाहाबाद में मेला लगा हुआ था। एक दिन आनंद और उन्नति ऑफिस से छुट्टी लेकर मेले में घूमने के लिए गए। वहां उन्होंने तरह-तरह की वस्तुओं की दुकानें और स्टॉल देखे। एक दुकान से उन्नति ने आनंद के लिए ब्रेसलेट खरीदा और उसे पहनाते हुए कहा, यह हमारे प्यार की पहली निशानी है, इसे संभाल कर रखना। आनंद ने भी उन्नति के लिए कंगन खरीदें और उसे प्यार से पहनाया। वहां उन्होंने आइसक्रीम खाई और चाट भी खाया। कुछ दूर चलने पर दोनों ने देखा, कि एक मौत के कुएं में कुछ साहसी लोग बाइक एवं

साइकिल दौड़ा रहे थे। उन्नति ने जिद की मुझे यह खेल देखना है। मैंने इसे पहले कभी नहीं देखा है, कि कैसे ये कलाकार इस कुएं में बाइक और साइकिल चलाते हैं?आनंद ने कहा, देखा तो मैंने भी नहीं है, आओ चल कर देखते हैं। उन्होंने पंद्रह- पंद्रह रूपए के दो टिकट खरीदे और शो देखने लगे। पहले बाइकर ने मौत के कुएं में अपनी बाइक दौड़ाई। वह लगातार पांच मिनट तक बाइक दौड़ता रहा। बीच-बीच में उसने हाथ छोड़कर भी बाइक चलाई और अपना संतुलन बनाए रखा। उसके बाद बारी आई साइकिल वाले कलाकार की। उसने भी मौत के कुएं में साइकिल दौड़ाई। यह देख कर सभी ने तालियां बजाईं। उन्नति की खुशी देखकर आनंद ने तपाक से कहा, इसमें क्या रखा है? यह तो मैं भी कर सकता हूं। वह उन्नति को लेकर उस कुएं से नीचे उतरा और संचालक से जाकर कहा, इस मौत के कुएं में मैं भी साइकिल चलाना चाहता हूं। पर संचालक तैयार ना हुआ। आनंद किसी तरह उन्नति की नजरों में नायक बनना चाहता था। वह यह मौका हाथ से जाने नहीं देना चाहता था। उसने खेल संचालक को मनाने के बहुत जतन किए, पर सुरक्षा कारणों से वह नहीं माना। फिर दोनों इसके बाद अपने अपने घर को लौट गए।

एक दिन जब आनंद ऑफिस में था तब मध्याह्न भोजन अवकाश के समय कुछ दोस्त उसका मजाक बना रहे थे। इस

पर उन्नति हंसने लगी। यह देख कर आनंद को उन्नति पर गुस्सा आ गया। और छुट्टी होते ही वह सीधा अपने घर आ गया। उन्नति देर रात तक बस का इंतजार करते करते ऑटो से अपने घर चली गई। अगले दिन जब आनंद ऑफिस आया तो उसने देखा उन्नति उस दिन नहीं आई थी। वह कुछ देर के लिए अपना गुस्सा भूल गया और उसे उन्नति की फिक्र होने लगी। अगले दो दिन और ना आने पर उसने उसके घर में फोन लगाया। फोन की घंटी तीन बार बजी पर किसी ने उठाया नहीं। आनंद ने चौथी बार फिर फोन लगाया। अबकी बार फोन उन्नति की मां ने उठाया, और उन्होंने बताया कि उन्नति ने वह काम छोड़ दिया है। आनंद ने बात करवाने के लिए कहा। पर उन्नति की मां ने कहा, वह तुमसे बात नहीं करना चाहती है। वह पहले से ही बहुत दुखी है, अब उसे और दुखी मत करो। इसके बाद शायद आनंद कुछ कहता, उससे पहले ही उन्नति की मां ने फोन काट दिया। अब आनंद ऑफिस जाता पर वहां उसका मन काम में नहीं लगता था। इस कारण आनंद ने भी ऑफिस जाना छोड़ दिया। आनंद ने उन्नति के घर जाकर मिलना चाहा, पर उन्नति की मां ने उसे उससे मिलने नहीं दिया और कहा, उन्नति को भूल जाओ और यदि आज के बाद तुम उससे मिलने की कोशिश भी करोगे तो मेरा मरा हुआ मुंह देखोगे। अंत में आनंद थक एवं हार कर अपने घर लौट जाता है।

जब आनंद ऑफिस नहीं जाता है और उदास सा रहता है। तब एक दिन उज्जवला उससे इसका कारण पूछती है। उज्जवला कहती है, भाई क्या हुआ क्या तुझे काम पसंद नहीं है? या कोई और बात है? मुझे बता। इतने पर आनंद की आंखों में आंसू आ जाते हैं। वह रोने लगता है। वह बताता है कि मैं ऑफिस के बाद जिस दोस्त को उसके घर छोड़ने जाया करता था वह एक लड़की थी। उससे मैं बहुत प्यार करता हूं। दीदी, उसके बिना मेरा काम में मन नहीं लगता है। मैं कॉल सेंटर जाता हूं तो वहां का दृश्य मुझे काटने को दौड़ता है। दीदी, मैं उससे बहुत प्यार करता हूं और उसके बिना मैं जीना नहीं चाहता हूं। उज्जवला ने कहा, देख भाई। तू उस लड़की से सच मे प्यार करता था। पर वह लड़की तेरा इस्तेमाल कर रही थी। निर्धन होना पाप नहीं है। पर अपनी निर्धनता में किसी का उपयोग करना गलत बात है। देख, उस लड़की ने कभी नहीं सोचा कि तू क्या कमाता है और क्या बचा पाता है। उसने बस अपने फायदे की सोची और तेरा इस्तेमाल किया। अब आनंद को कुछ कुछ समझ में आ रहा था। उज्जवला ने यह सारी बात अपनी मां से बताई। विद्यावती ने पास आकर आनंद से कहा, आनंद तू तो राजा बेटा है। तू बहुत समझदार और बुद्धिमान है। पर यह बता कि एक छोटी सी बात तेरी समझ में नहीं आई कि उस लड़की ने कभी तेरे फायदे और नुकसान के बारे में नहीं सोचा। बस अपने

लाभ के बारे में सोचती रही। और यही नहीं। इतने दिनों का प्यार उसने एक झटके में खत्म कर दिया। आखिर क्या बात हो सकती है कि कोई छोटी सी बात पर अपना पुराना प्यार भूल जाता है। अब आनंद को पूरी बात समझ में आ चुकी थी। उसका दुख भी दूर हो चुका था अब उसके मन पर भी कोई बोझ नहीं था। वह हल्का और स्वस्थ महसूस कर रहा था। विद्यावती ने कहा, अभी इस बारे में अपने पिता जी को कुछ मत बताना। सही समय आने पर मैं स्वयं उन्हें समझा दूंगी। उज्जवला ने कहा, भाई तू अपनी पढ़ाई पर ध्यान दे और उसे पूरा कर। आनंद अपनी पढ़ाई में लग गया और मेहनत एवं लगन से पढ़ने लगा।

उधर उज्जवला की लोक सेवा मुख्य परीक्षा की तिथियां घोषित हो चुकी थी। परीक्षा के दिन उज्जवला ने हल्का भोजन किया और साल भर का पढ़ा हुआ दोहराते हुए अपनी मुख्य परीक्षा दी। परीक्षा लगातार पांच दिनों तक चली। परीक्षा देने के उपरांत उज्जवला को लगने लगा था कि उसे साक्षात्कार के लिए बुलाया जाएगा। इधर आनंद, मोहित और अविनाश तीनों ने अपनी- अपनी परीक्षाएं दी। परिणाम आने पर पता चला कि अविनाश बी०एस०सी० में यूनिवर्सिटी में प्रथम आया है और आनंद ने द्वितीय श्रेणी में अपनी बीएससी की उपाधि प्राप्त की। मोहित ने भी द्वितीय श्रेणी में अपनी बी० ए ० की उपाधि

धारण की। कमल ने भी अपनी परीक्षा दी और उसने भी प्रथम श्रेणी में अपनी बीएससी की उपाधि प्राप्त की।

इसके बाद अविनाश ने एम०एस०सी० में दाखिला लिया। मोहित ने एम० ए ० में दाखिला लिया। आनंद ने निश्चय किया कि वह एमएससी नहीं करेगा। वह इसके स्थान पर वह एम० ए ० मे प्रवेश लेगा। क्योंकि विज्ञान में उसकी रुचि काफी कम हो गई थी। उसने हिंदी भाषा में एम०ए ० करने का निश्चय किया। उधर कमल ने भी अंग्रेजी भाषा में एम. ए . करने का निश्चय किया।

लोक सेवा की मुख्य परीक्षा का परिणाम भी आ गया। और उज्जवला को साक्षात्कार के लिए बुलाया गया था। निश्चित तिथि पर उज्जवला ने साक्षात्कार दिया। अब वह और सभी निर्णायक परिणाम की प्रतीक्षा करने लगे।

आखिर वह दिन भी आ गया जब उज्जवला का निर्णायक परिणाम जारी हुआ। उज्जवला ने इंटरनेट पर अपना परिणाम खोजना शुरू किया। आवश्यक सूचना भरने पर रिजल्ट का पीडीएफ डाउनलोड हो गया। उसमें उसने अपने अनुक्रमांक को खोजना शुरू किया। जल्द ही अनुक्रमांक भी मिल गया, जिसके सामने उसका नाम एवं पदनाम दिया हुआ था। उसका चयन आई०ए०एस० के लिए हुआ था। उज्जवला बहुत प्रसन्न हुई

और उसने यह सूचना अपनी माता और भाई को दी। घर में हर्ष की लहर दौड़ गई। उज्जवला ना केवल चयनित हुई थी, बल्कि उसकी उस परीक्षा में 9 वीं रैंक थी। तुरंत आनन-फानन में यह खबर जंगल में आग की तरह पूरे उस क्षेत्र में फैल गई जहां वे लोग रहते थे। रात भर फोन आते रहे एवं बधाइयों एवं शुभकामनाओं का सिलसिला चलता रहा। रात में ही श्यामाचरण को उज्जवला की सफलता से अवगत कराया गया। श्यामाचरण इतने खुश हुए कि वह अपने पैर भूमि पर नहीं रख पा रहे थे। उन्होंने उज्जवला से बात की एवं बधाई देते हुए कहा, बेटी तुमने अपने जीवन को आज वह आयाम दिया है की तुम्हारी आने वाली पीढ़ियों को गरीबी और भुखमरी नहीं झेलनी पड़ेगी। आगे आने वाली पीढ़ी में शिक्षा एवं बौद्धिकता का संचार होगा।

प्रातः होने पर मीडिया एवं प्रेस वाले भी उनके घर आ गए। सब ने उज्ज्वला को बधाइयां दी एवं साक्षात्कार लिया। किसी मीडिया वाले ने उज्जवला से पूछा, आप अपनी सफलता का श्रेय किसे और किन बातों को देना चाहती हैं। उज्जवला ने कहा, मेरी सफलता मेरे परिश्रम एवं माता पिता के आशीर्वाद एवं मेरे भाई के असीम प्रेम का परिणाम है। मेरे माता- पिता ने हमेशा से मेरे मस्तिष्क में सकारात्मक सोच एवं उर्जा दायक विचारों का संचार किया। जिससे मैं इतनी कठिन और

श्रमसाध्य एवं दीर्घ अवधि तक चलने वाली तैयारी को पूर्ण कर सकी और परीक्षा में सफल हुई। किसी पत्रकार ने पूछा, आपका अपने भाई से कैसा रिश्ता है या आप उसके बारे में कुछ कहना चाहती हैं? उज्जवला ने कहा, मेरे भाई और मेरे संबंध मित्रवत हैं। जिसमें प्रेम, करुणा, सहनशीलता एवं दया का निवास है। हम दोनों आपस में हर बातों की चर्चा किया करते हैं। एवं अपने दुख सुख को साझा किया करते हैं। आज मैं इतनी बड़ी सफलता प्राप्त कर पाई, इसके पीछे मेरे भाई का मुख्य रूप से योगदान है। और अन्य सवालो के जवाब के साथ सभी वहां से चले गए।

आज का दिन, उज्जवला एवं उसके परिवार के लिए एक अन्य तरीके से भी महत्वपूर्ण था, क्योंकि, आज अविनाश एवं उसकी मां अपने पूरे परिवार के साथ विद्यावती के घर उन्हें शुभकामनाएं देने आए। अविनाश की मां ने कहा, बहन आज तुम्हारी मेहनत सफल हुई। तुमने एवं श्यामाचरण जी ने जो कठिन परिश्रम एवं त्याग अपने बच्चों के लिए किया था, उसी का यह परिणाम आज उज्जवला की सफलता के रूप में हमारे सामने आया है। वे उज्जवला को गले लगा कर बोली, बेटी, माता पिता का नाम सिर्फ बेटे ही उज्जवल नहीं करते, बल्कि बेटियां भी करती हैं, आज तुमने यह दिखा दिया। तुमने अपने नाम को सार्थक किया है। तभी अविनाश भी बोला, दीदी, आप

हमेशा से मुझे प्रेरणा देती रही है। आपकी सोच एवं आपके विचार मेरे लिए अनुकरणीय रहे हैं। मैं हमेशा अपने घर में चर्चा करता था, कि एक लड़की को अपना जीवन कैसे जीना चाहिए यह उसे आपसे सीखना होगा। सबने उज्जवला को उपहार भी दिए एवं विद्यावती ने सबको मिठाइयां खिलाई। इसके बाद वे वहां से चले गए।

उज्जवला के सफलता की खबर मिलते ही तस्लीम एवं उसका पूरा परिवार भी उज्जवला के घर आया। सभी ने उज्ज्वला को बधाइयां दी। तस्लीम कुछ इस तरह से खडा था, कि वह उज्ज्वला से नजर नहीं मिला पा रहा था। परंतु उसने भी उज्ज्वला को शुभकामनाएं दीं, एवं कहा, उज्जवला आप एक सुलझी हुई एवं अत्यधिक समझदार लड़की हैं। यह ठीक ही हुआ, जो आपका विवाह मेरे साथ नहीं हुआ, क्योंकि मैं आपको वह अच्छा जीवन नहीं दे सकता था, जिसकी आप हकदार हैं। उज्जवला ने सबको धन्यवाद दिया और विद्यावती ने सबका मुंह मीठा करवाया। कुछ देर तस्लीम और उसका परिवार उज्जवला के घर बैठा रहा एवं चाय- नाश्ते के साथ औपचारिक बातें चलती रहीं। इसके बाद तस्लीम एवं उसका परिवार भी वहां से चला गया।

कुछ दिनों बाद किसी ने उज्जवला के घर के बाहर दरवाजे की घंटी बजाई। विद्यावती ने दरवाजा खोला। युवक ने उज्जवला से मिलने की बात कही। विद्यावती ने उसका नाम एवं उसके बारे में जानना चाहा। उसने बताया कि उसका नाम राहुल है और वह इलाहाबाद विश्वविद्यालय में बी०ए० प्रथम वर्ष का छात्र है। वह उज्जवला की सफलता के बारे में सुनकर उससे मिलने आया था। उस समय उज्जवला अपने कमरे में सो रही थी। विद्यावती ने उसे जगाया और किसी राहुल के आने की बात कही। उज्जवला बाहर वाले कमरे में आई जहां उसे राहुल पहले से बैठा मिला। उज्जवला को देखते ही राहुल उसके पैरों पर गिर पड़ा और बोला, दीदी। मैं आपसे बहुत प्रेरित हुआ हूं, कि मैं भी सिविल सेवा की परीक्षा दूं। क्या आप मुझे अपनी बुक लिस्ट एवं नोट्स देंगी। उज्जवला ने कहा, पहले अपने बारे में बताओ। राहुल ने कहा, मैं यहां से थोड़ी दूर पर बाजार वाली गली में रहता हूं, जहां मेरा मकान है। मेरे पिताजी की बाज़ार में कपड़े की दुकान है। मैं इलाहाबाद विश्वविद्यालय में बी ०ए ०. प्रथम वर्ष का छात्र हूं। मैंने आप को बहुत पहले ही नोटिस किया था जब आप किसी काम से बाजार आया- जाया करती थी। मैंने आपको इलाहाबाद विश्वविद्यालय में भी देखा था। जहां आपकी काफी चर्चाएं होती थी। उज्जवला ने कहा, मैं तुम्हें अपनी सारी किताबें और नोट्स कल दूंगी। क्योंकि मुझे अभी उन्हें इकट्ठा एवं व्यवस्थित करना है। वह लड़का और भी बहुत

से सवाल उज्जवला से पूछता है। उज्जवला सभी सवालों का संतुलित जवाब देती है। फिर राहुल वहां से चला जाता है।

दूसरे दिन बताए गए समय पर राहुल आ जाता है और उज्जवला से उसकी किताबें और नोट्स प्राप्त करता है। उज्जवला ने सोचा कि अब राहुल को चले जाना चाहिए पर वह वहां बैठ जाता है और उज्जवला से तरह-तरह के सवाल पूछने लगता है उज्जवला सभी सवालों को गंभीरता से लेती है और उनके संतुलित उत्तर भी देती है। फिर उज्जवला के कहने पर वह उठ कर चला जाता है। परंतु दो दिन बाद वह फिर आ जाता है, इस बार आनंद ने दरवाजा खोला। राहुल ने कहा, मेरा नाम राहुल है और मैं उज्जवला का दोस्त हूं, कृपया उसे बुलाइए। आनंद ने अंदर जाकर उज्जवला से कहा, तुम्हारा कोई राहुल नाम का मित्र आया है। यह सुनते ही उज्जवला को बहुत अजीब लगा। वह बाहर आई और राहुल से मिली। राहुल बैठ गया और तरह-तरह के कई सवाल उज्जवला से करने लगा। अब उज्जवला को लगने लगा कि यह लड़का अपनी पढ़ाई और भविष्य को लेकर गंभीर नहीं है। उज्जवला ने उसे साफ कहा, यदि कुछ करना चाहते हो, तो ज्यादा प्रश्न करने की जगह पुस्तक में मन लगाओ और अपने लक्ष्य को प्राप्त करो। इधर-उधर मन दौड़ाने से कुछ प्राप्त नहीं होगा। इतना कहकर उज्जवला ने उससे जाने को कहा। पर कुछ दिनों बाद राहुल

फिर आया। इस बार दरवाजा स्वयं उज्जवला ने खोला था। उज्जवल को देखते ही

राहुल ने कहा, उज्जवला मैं आपसे प्रेम करता हूं और आपसे शादी करना चाहता हूं। उज्जवला ने कहा, तुम या तो सनकी हो या पूर्ण रूप से पागल हो। जाओ जाकर अपना इलाज कराओ। उज्जवला घर के बाहर किससे ऐसी बातें कर रही है? यह सोचकर विद्यावती भी बाहर आ गई। उज्जवला ने कहा, मां यह आशिक मिजाज लड़का है पुस्तक एवं नोट्स मांगने के बहाने घर आया और अब शादी की बात करता है। यह सुनकर विद्यावती को पहले आश्चर्य हुआ। फिर उन्होंने प्यार से समझाया बेटा, पहले जाओ जाकर कैरियर बनाओ। उसके बाद शादी के बारे में सोचना। पर राहुल कुछ समझने को तैयार नहीं था। वह अपनी जिद पर अड़ा रहा और वह उज्जवला के सामने घुटनों पर बैठकर उस से आग्रह किया कि वह उसे स्वीकार करें। उज्जवला का दिमाग गरम हो चुका था। फिर उसने कड़े शब्दों में उसकी निंदा करते हुए कहा, जाते हो? या पुलिस बुलाऊं? उज्जवला की यह बात सुनकर वह वहां से चला गया। और फिर कभी वापस नहीं आया।

कुछ दिनों बाद उज्जवला का बुलावा आ गया और वह प्रशिक्षण के लिए लाल बहादुर शास्त्री राष्ट्रीय प्रशासनिक अकादमी, मसूरी चली गई। घर पर आनंद और विद्यावती बस

दो ही बचे। इधर आनंद और उसके सभी मित्र अपनी- अपनी पढ़ाई में लगे रहे। तभी रक्षाबंधन का त्यौहार आ जाता है। उज्जवला ने आनंद के लिए राखी भेजी थी, जो विद्यावती ने उसे पहनाई। आनंद ने उज्ज्वला से दूरभाष पर बात भी की, और कहा, दीदी आज तुम मुझसे दूर हो। और मैं तुम्हें बहुत अधिक याद भी कर रहा हूं। तुम्हारी भेजी हुई राखी मुझे मिली। उसे गां से बंधवाकर सोचा, तुमसे बात कर लूं। और कहो, तुम कैसी हो? उज्जवला ने बताया कि यहां प्रशिक्षण में बहुत मजा आ रहा है। प्रतिदिन कुछ नया कार्य करने को और बहुत कुछ सीखने को मिलता है। यहां मेरे कई मित्र भी बन गए हैं। वे बहुत ही सरल और सज्जन है। आनंद और उज्जवला में काफी देर तक बातें होती रही। फिर उज्जवला ने मां से भी बात की। और अपने रहन सहन और प्रशिक्षण के बारे में बताया। उज्जवला ने बताया कि मसूरी बहुत अच्छा शहर है। यहां कभी घूमने के लिए आना हो तो मन लग जाएगा और जाने को जी नहीं चाहेगा। विद्यावती ने भी उज्जवला को रक्षाबंधन की शुभकामनाएं दीं और बात समाप्त की।

उधर श्यामाचरण ने विद्यावती को दूरभाष पर बताया कि वह दीपावली से पहले सेवानिवृत्त हो जाएंगे। आखिर वह दिन भी आ गया जब श्यामाचरण को सेवानिवृत्त होना था। बिहार में उनके विद्यालय में विदाई समारोह का कार्यक्रम हुआ। जिसमें

सभी अध्यापकों एवं सहकर्मियों ने श्यामाचरण को शुभकामनाएं दी। विदाई भाषण में विद्यालय के प्रधानाचार्य ने सब को बताया, कि श्यामाचरण जी ने दूर रहते हुए अपने बच्चों को वह संस्कार एवं शिक्षा दी है, जिसके परिणाम स्वरूप इनकी बेटी आइएएस बनी है और बेटा उच्च स्तर की पढ़ाई कर रहा है। हमें इनसे सीख लेने की आवश्यकता है, जिससे हमारे बच्चे भी बड़े होकर एक कामयाब एवं अच्छे इंसान बने। श्यामाचरण ने सबको धन्यवाद कहा एवं विदा लेकर इलाहाबाद की ट्रेन पकड़ ली। अगले दिन शाम को जब श्यामाचरण घर आए तो सब ने उनका अभिवादन किया। श्यामाचरण ने विद्यावती से घर का हाल-चाल लिया। विद्यावती ने बताया कि सब कुशल मंगल है और उज्जवला से भी बात होती रहती हैं, वह भी वहां ठीक है। श्यामाचरण ने आनंद से कहा, आनंद तुमसे हमें बड़ी उम्मीदें हैं, कि तुम भी उज्जवला की तरह कामयाब बनोगे। मुझे और तुम्हारी मां को बस अपना बुढ़ापा काटना है। तुम्हारे सामने पूरी जिंदगी पड़ी है। अब जो पेंशन का पैसा है उसी में तुम्हारी पढ़ाई भी पूरी करवानी है और घर भी चलाना है। बेटा पुरानी बातें भूल जाओ और नए सिरे से अपनी जिंदगी आरंभ करो। विद्यावती ने श्यामाचरण को उन्नति और आनंद के बारे में सब बता दिया था। इसलिए श्यामाचरण आनंद को यथास्थिति एवं जीवन की सच्चाई से परिचित करवा रहे थे।

दीपावली पर श्यामाचरण ने वैष्णो देवी के दर्शन करने की योजना बनाई। उन्होंने विद्यावती और आनंद से बात की। उन्होंने कहा, कि उज्जवला को भी बुला लेते हैं और पूरा परिवार दर्शन के लिए चलेगा। जब विद्यावती ने उज्जवला से बात की तब उज्जवला ने कहा, वह इलाहाबाद ना आकर सीधे मसूरी से जम्मू पहुंचेगी। श्यामाचरण ने कहा, ठीक है ऐसा ही करते हैं, मैं आने और जाने की तीन टिकटें बुक करवा लेता हूं। श्यामाचरण ने इलाहाबाद से जम्मू के लिए रेलगाड़ी की तीन टिकटें बुक करवा ली और पांच दिन बाद वापसी की भी टिकटें बुक करवा ली। उज्जवला ने भी छुट्टी की अर्जी दे दी और घर पर बताया कि मेरी एक सहेली जिसका नाम अरुण है वह भी मेरे साथ जाएगी। घर वालों ने सहमति दे दी। उधर उज्जवला और अरुण ने पता किया, कि जम्मू जाने के लिए देहरादून से रेलगाड़ी मिलती है। उन्होंने दो-दो आरक्षित टिकट देहरादून से जम्मू तक आने और जाने के करवा लिए।

तय दिवस पर श्यामाचरण, विद्यावती और आनंद के साथ रेलगाड़ी पर सवार होकर जम्मू के लिए निकल पड़े। उधर उज्जवला और अरुण ने भी मसूरी से देहरादून जाने के लिए बस पकड़ी। मसूरी से देहरादून की दूरी औसतन तीस किलोमीटर है जिसे पूरा करने में लगभग एक घंटे का समय

लगता है। दोनों दोपहर में 3:00 बजे देहरादून स्टेशन पहुंच गईं। वहां से जम्मू के लिए रेलगाड़ी 5:00 बजे की थी। अतः दोनों स्टेशन में बैठकर रेलगाड़ी की प्रतीक्षा करने लगीं।

प्लेटफार्म पर बैठे-बठे अरुण ने देखा कि, एक बंदरिया अपने बच्चे को लेकर रेल की पटरियों के बीच पड़े कूड़े के ढेर में भोजन की तलाश कर रही थी। अरुण ने उज्जवला का ध्यान खींचते हुए कहा, शायद इन्हें भूख लगी है। मेरे पास कुछ मूंगफली पड़ी है, मुझे लगता है, कि उसे इन्हें देना चाहिए। उज्जवला ने कहा कि इसमें जोखिम है। यह बंदरिया अथवा इसका बच्चा हमें काट सकता है। अरुण ने कहा, हम प्यार से पेश आएंगे तो यह हमें नहीं काटेंगे। यह कहकर अरुण ने अपने बैग से मूंगफली का पैकेट निकाला और उन बंदरों को देने लगी। वे उसे उठाकर खाने लगे। फिर अरुण आकर उज्जवला के बगल में बैठ गई। काफी देर तक वे दोनों उन बंदरों का तमाशा देखती रहीं।

वे दोनों प्लेटफार्म पर बैठे हुए अपनी रेलगाड़ी की प्रतीक्षा कर रही थी, तभी अचानक उज्जवला ने देखा कि सामने वाले प्लेटफार्म पर बैठा हुआ एक लड़का उसे घूरे जा रहा था। कुछ समय तक तो उज्जवला ने उसे नजरअंदाज किया। किंतु जब फिर भी वह लड़का उज्जवला की तरफ देखे जा रहा था, तब

उज्जवला ने अपना हाथ घुमा कर उससे पूछा। क्या बात है? उस लड़के ने तुरंत अपने हाथ की एक उंगली उठाकर कहना चाहा, कि मुझे तुमसे कुछ पूछना है। उज्जवला ने अपने दोनों हाथों को जोड़कर उस से आग्रह किया, कि वह उसे माफ करें। पर उस लड़के ने अपने होठों से चुंबन जैसा कुछ इशारा किया। उज्जवला अब समझ चुकी थी, कि यह एक आवारा लड़का है। जिसे अपना समय व्यतीत करने के लिए कोई साधन चाहिए। उज्जवला ने अपने चेहरे पर क्रोध का भाव लाते हुए उसे घूंसा दिखाया। अब वह लड़का उज्जवला को समझ चुका था और अपने स्थान से उठकर प्लेटफार्म पर कहीं दूर जाकर अपनी रेलगाड़ी की प्रतीक्षा करने लगा। अरुण यह सब देख रही थी। उसे अचानक जोर की हंसी आई। वह हंसते हुए उज्जवला से बोली, शाबाश! उज्जवला! तुम्हारा कोई जवाब नहीं है। तभी प्लेटफार्म पर सीटी बजाते हुए उनकी रेलगाड़ी आ चुकी थी। वे दोनों अपना- अपना बैग लेकर ट्रेन में चढ़ गई और अपनी निर्धारित सीट पर बैठ गई और यात्रा शुरू हो गई।

श्यामाचरण, विद्यावती और आनंद के साथ अगले दिन रात के 10:00 बजे जम्मू रेलवे स्टेशन पहुंचे। जहां उज्जवला और अरुण उन्हें पहले से ही प्रतीक्षा करते हुए मिली। अरुण ने सबका अभिवादन किया और श्यामाचरण एवं विद्यावती के चरण छुए। दोनों ने उसे आशीर्वाद दिया और कुशल क्षेम पूछी।

सभी बस द्वारा कटरा पहुंचे। जहां से वैष्णो देवी मंदिर की सीमा प्रारंभ हो जाती है। कटरा पहुंचने पर वह एक होटल में रुके। जहां उन्होंने रात का भोजन लिया। कटरा से वैष्णो देवी मंदिर की दूरी लगभग 12 किलोमीटर है। अतः श्यामाचरण ने रात में ही में मंदिर जाने की योजना बनाई। सब ने कहा, रात में भीड़ नहीं होगी तो यात्रा में थकान भी नहीं लगेगी एवं यात्रा तय करने में सरलता होगी। सभी ने मंदिर दर्शन के लिए पर्ची कटवाई और मंदिर दर्शन को जाने लगे। मंदिर की सीमा पर सुरक्षाकर्मी सभी यात्रियों की तलाशी लेते हैं। अतः वे भी अपनी जांच करवाने के बाद आगे यात्रा के लिए चल पड़े।

रास्ते में श्यामाचरण ने कहा चढ़ाई बहुत लंबी है कहो तो खच्चर या घोड़ों की व्यवस्था की जाए। पर अरुण ने कहा, चाचा जी। आप अपने एवं चाची जी के लिए घोड़ों की व्यवस्था करना चाहे तो ठीक है, पर हम पैदल ही चलेंगे। विद्यावती ने भी पैदल ही चलने की इच्छा व्यक्त की। सब मंदिर की तरफ बढ़ने लगे। रात के करीब 12:00 बज चुके थे। सभी प्रातः 8:00 मंदिर पहुंच गए। सबने दर्शन से पहले सुलभ शौचालय में जाकर नित्य कर्म और स्नान किया। उसके बाद वह मंदिर में जाने वाली कतार में शामिल हो गए। मंदिर में भीड़ बहुत थी, पर सुरक्षाकर्मियों की सतर्कता एवं चतुराई से सबने सरलता से दर्शन किए। दर्शन करने के लिए महिलाओं एवं पुरुषों की

अलग-अलग कतारें थी। श्यामाचरण और आनंद जब दर्शन करके मंदिर से बाहर आए, तब वे विद्यावती, उज्जवला एवं अरुण की प्रतीक्षा करने लगे। जल्द ही वे तीनों भी मंदिर से बाहर आ गईं। सबने वहां अन्य मंदिरों के भी दर्शन किए। उन्होंने मंदिर के पास बने एक जलपानगृह में भोजन किया और कटरा के लिए निकल पड़े। शाम होते होते वे अपने होटल वापस आ गए। जहां उन्होंने भोजन एवं विश्राम किया। प्रातः होने पर वे सभी उठे एवं वार्तालाप करने लगे। उज्जवला एवं अरुण की ट्रेन शाम 5:00 बजे की थी एवं श्यामाचरण एवं अन्य की रेलगाड़ी रात को 12:50 पर मिलनी थी। सभी ने दैनिक कर्म से निवृत्त होकर जलपान ग्रहण किया और वे खरीददारी के लिए बाजार चल दिए। शाम को उज्जवला एवं अरुण ने अपनी गाड़ी पकड़ी। अरुण एवं उज्जवला ने श्यामाचरण और विद्यावती के चरण छुए। उन्होंने उन्हें आशीर्वाद दिया और मन लगाकर अपना प्रशिक्षण पूरा करने को कहा। उज्जवला ने आनंद को गले लगा कर अपना स्नेह दिया। अरुण ने भी आनंद को नमस्कार कहा। और दोनों अपनी ट्रेन पर सवार हो गईं। वक्त कैसे कटा यह तो पता नहीं चला, पर जल्दी ही श्यामाचरण, विद्यावती और आनंद ने भी अपनी ट्रेन पकड़ी और इलाहाबाद आ गए। आनंद को अरुण एक समझदार पर शर्मीली एवं कम बोलने वाली लड़की लगी।

समय व्यतीत होने लगा। आनंद और उसके मित्र अपनी-अपनी पढ़ाई करते रहे। श्यामाचरण घर पर ही रहते थे। एक दिन श्यामाचरण ने विद्यावती से कहा, मैं घर में बैठे-बैठे ऊब जाता हूं, सोचता हूं, कोई बिजनेस शुरू करूं। जिससे कुछ आमदनी भी होगी और समय भी व्यतीत होता रहेगा। इस तरह श्यामाचरण ने इलाहाबाद हाई कोर्ट के बाहर एक टी स्टाल खोल दिया। वह सुबह- सुबह जाकर अपना टी स्टाल खोल देते। सहयोग के लिए उन्होंने एक नौकर भी रखा था, जिसका नाम अनुज था। उन्होंने आनंद को भी निर्देश दे रखा था कि विश्वविद्यालय से लौटने के उपरांत वह भी चाय की दुकान में आकर हाथ बटाए। अतः आनंद भी विश्वविद्यालय से घर लौटने के पश्चात पिता की टी स्टॉल पर उनका सहयोग करने लगा। श्यामाचरण और आनंद पैसे का हिसाब- किताब देखते थे। बाकी कार्य अनुज सरलता के साथ करता था।

इधर विश्वविद्यालय में एक बार काव्य सम्मेलन का आयोजन हुआ। आनंद भी कविताएं लिखता था, यह बात कमल को पता थी। कमल ने आनंद का नामांकन करा दिया और आनंद से बोली, आने वाले रविवार को विश्वविद्यालय में कवि- सम्मेलन का आयोजन होने वाला है, जिसके लिए मैंने तुम्हारा नाम आगे कर दिया है। अब तुम अपनी कविता लिखने की तैयारी करो और सबको अपनी कला से परिचित

कराओ। तय दिवस पर विश्वविद्यालय में काव्य मंचन हुआ। सम्मेलन में काव्य का विषय था, बचपन। सभी कवि विश्वविद्यालय के ही छात्र थे। सभी ने अपनी-अपनी काव्य रचना का पाठ किया। आनंद ने भी दो कविताएं सुनाई। जो क्रमशः है-

मेला

गुड्डी बोली बाबूजी से,
मैं भी मेला जाऊंगी।
नए खिलौने, चूड़ी- कंगन,
चुन्नी भी ले आऊंगी।

तभी अचानक हैप्पी बोला,
बाबूजी, मुझे मेला नहीं घूमाते हो।
बार-बार हठ करती है, गुड्डी।
साथ उसे ही ले जाते हो।

पिछली बार जिद करके, गुड्डी
तीन खिलौने लाई थी।
और मुझे खेलने नहीं दिया था,
दो दिन में तोड़- बहाई थी।

तभी हैप्पी की मम्मी बोली,

बेटा, नहीं है ऐसी बात।
बिन दूल्हा क्या कभी कहीं,
क्या सजती है बारात?

अभी तैयारी करती हूं,
हम सब मेला जाएंगे।
तुम्हारे लिए नए खिलौने,
घर का राशन भी ले आएंगे।

तभी हैप्पी के पापा बोले,
लिस्ट से बड़ी है आपकी फरमाइश।
इस साल हाथ में बजट नहीं है।
शायद अगले साल हो गुंजाइश।

छोटा बच्चा
सात साल का छोटा बच्चा,
कभी-कभी तुतलाता।
मां-बाप को काकू कह कर,
अपने पास बुलाता।

अभी ठीक से ना चल पाता था,
सरक सरक कर आता।

जो भी पास खड़ा होता,
वही उस पर प्यार लुटाता।

जब वह कहता, सुनो जरा तुम,
मीठी लगती थी उसकी बातें।
मां करती थी अपने लाल पर,
अपनी ममता की बरसाते।

बीच दिवस, जब वह जागे।
भागे अपनी माता के पास।
घर के अंदर पिता को खोजे।
लेकर उनसे मिलने की आस।

तीन दिवस पर कभी-कभी
वह, घर के बाहर जाता।
उसका पिता गोदी में लेकर,
उसको बाजार की सैर कराता।

हंसता था वह लोट- लोट कर,
अपनी माता से कहता।
मेरे लिए एक घोड़ा ला दो,
सरक- सरककर हूं दुख सहता।

आनंद की यह दोनों कविताएं बहुत सराही गईं। अब विश्वविद्यालय में सब उसे नोटिस कर लगे थे। लड़के एवं लड़कियों, दोनों में आनंद की प्रसिद्धि बहुत हो चुकी थी। अब आनंद को अपने पिता की चाय की दुकान पर जाने का मन नहीं करता था, किंतु पिता के डर के कारण वह वहां जाता रहा। चाय की दुकान पर ग्राहक आते थे और चाय पी कर चले जाते थे। आनंद ने अपने पिता को यह सुझाव दिया कि, यदि हम रेडियो एफएम भी रख ले और उसे बजाएं तो उसे सुनकर अधिक ग्राहक चाय पीने को आएंगे। पिता की अनुमति पाकर वह एक रेडियो बाजार से खरीद लाता है और उसे दुकान में सजा देता है। इस तरह दुकान में एफएम बजता और उसको सुनने के लिए बहुत से वकील आते और चाय की चुस्कियों के साथ एफएम सुनने का आनंद भी लेते।

एक बार इलाहाबाद उच्च न्यायालय बार एसोसिएशन के अध्यक्ष श्री वेद प्रकाश भी आनंद की दुकान पर चाय पीने आए। आनंद ने स्वयं अपने हाथों से उनके लिए चाय बनाई। चाय पी कर वे बहुत खुश हुए और वहां से चले गए। अब वह प्रतिदिन आनंद की दुकान में चाय पीने आते थे। एक अन्य व्यक्ति भी था, जो आनंद की दुकान पर चाय पीने आया करता था, वह कोई एक वकील था, जिसका नाम चेतन था। वह चाय तो पीता था मगर पैसे नहीं देता था। अनुज के पैसे मांगने पर

वह कहता, खाते में लिख लो महीना आने पर हिसाब होगा। इस तरह दिन बीतते गए।

एक दिन आनंद अपनी दुकान में बैठकर ग्राहकों को चाय पिला रहा था। तभी एफएम में उसने रेडियो जॉकी की भर्ती का विज्ञापन सुना। यूं ही मजाक- मजाक में उसने उस पद पर अपनी उम्मीदवारी के लिए आवेदन कर दिया। रेडियो जॉकी के लिए स्किल टेस्ट होना था,

जिसका समय अगले दिन रखा गया। तैयार होकर आनंद भी स्किल टेस्ट देने, बताए गए स्थान पर पहुंचा। कौशल परीक्षण के लिए अभ्यर्थियों के कई समूह बनाए गए थे। हर समूह से अभ्यर्थियों को छांटा जाना था। एवं पात्र कुछ अभ्यर्थियों को ही चुना जाना था। जब आनंद की बारी आई, तब उसके समूह में बारह अभ्यर्थी थे। सबको एक-एक करके बैठाया गया और उनके समक्ष एक प्रश्न रखा गया। आयोजकों का कहना था कि आप। इस प्रश्न पर वाद विवाद करें, कि अश्लील फिल्मों में कार्य करने वाला व्यक्ति भी सेलिब्रिटी कहे जाने योग्य है अथवा नहीं। इस विषय पर सब ने अपने अपने विचार रखें। किसी ने कहा, कि सेलिब्रिटी वह होता है, जिसके कार्य एवं आचरण हमारे लिए आदर्श हो। जो हमारे लिए रोल मॉडल का कार्य करें। उसे ही सेलिब्रिटी कहां जाना चाहिए। किसी ने कहा, फिल्मों में अश्लीलता परोसने वाले कभी भी सेलिब्रिटी नहीं हो

सकते क्योंकि वे समाज को गलत संदेश देते हैं। जिसके कारण महिलाओं एवं बच्चों के साथ यौन अपराध होते हैं। इस पर आनंद ने कहा, मैं मानता हूं, कि वयस्क फिल्मों में कार्य करने वाले नायक एवं नायिकाओ को सेलिब्रिटी की श्रेणी में नहीं रखना चाहिए, किंतु जो लोकमत एवं प्रचलित परंपराओं से अलग हटकर कुछ करना चाहे तो हमें उसके साहस एवं परिश्रम का आदर करना चाहिए। एवं उसकी प्रतिभा को संज्ञान में लेना चाहिए। राउंड खत्म होने पर पता चला, कि आनंद को रिजेक्ट कर दिया गया है।

आनंद इस कार्य के लिए आरंभ में तो गंभीर नहीं था किंतु कौशल परीक्षण में जिस तरह उसने अपना तर्क दिया, उसे उम्मीद थी, कि वह चयनित हो जाएगा। किंतु हुआ इसके विपरीत। आनंद की बातों को गौर नहीं किया गया था, इसलिए आज आनंद बहुत दुखी था। आनंद घर पर था और कुछ सोच रहा था। आज उसे निर्मल और उन्नति बहुत याद आ रही थी। वह जो इन दोनों से प्यार करता था, आज सोच रहा था की कमी कहां रह गई। क्यों मुझे मेरे प्यार के बदले धोखा मिला? इस तरह वह सोच रहा था कि तभी उसने उन दोनों के लिए एक-एक कविताएं लिखी। क्रमशः -

निर्मल के लिए,

हसरत थी मिलने की तुमसे मगर, जज्बातों को मैंने पिरोया नहीं था।

अक्सर ही ख्वाबों में आते थे तुम, लगता है जैसे कभी सोया नहीं था।

तेरा पता जो बताया किसी ने, लगता है तुम्हें कभी खोया नहीं था।

मेहंदी हथेली की छूटी नहीं थी, लगता है जैसे तुमने धोया नहीं था।

तेरे जनाजे को रुखसत किया तो, लगता है मैं कभी रोया नहीं था।

वफा की जरूरत थी दिल को हमेशा, लगता है तुमने उसे संजोया नहीं था।

उन्नति के लिए,

कुछ खोने का गम नहीं है।

दुख है कुछ ना पाने का।

हालत आपके जैसी हैं।

मौका है एक दूसरे को,

अपना बनाने का।

सैकड़ों मील चलकर

पाया था आपको।

तनहाई में जो गीत गाया
सुनाया था आपको।
रुक रुक के जो भी बोला
समझा था आपने।
किस्सा कोई सुना कर
रुलाया था आपको।

थकते पैरों से दौड़ा था
तेरी परछाइयों के पीछे।
हमदर्द मेरे पड़े थे
तेरी शहनाइयों के पीछे।
छलके थे कुछ आंसू
मेरे गीले तकिए पर।
हंसता रहा जमाना
तेरी रुसवाइयों के पीछे।

तमन्ना थी कि कुछ कहकर
अंतिम गीत गा लूं।
रूठी हुई तकदीर को
फिर से आज मना लूं।
दो घड़ी का साथ भी
मयस्सर नहीं है हमें।

लगता है तेरी तस्वीर पर

कोई दूसरा रंग चढ़ा लू।

दोनों कविताएं लिखने के बाद, आनंद को उन दोनों की याद बहुत ज्यादा आने लगी। स्वयं को बेचैन देख कर उसने उज्जवला को फोन लगाया। और पूरी बात कह सुनाई। उसकी बात सुनने के बाद उज्जवला ने कहा, भाई तूने अपने रेडियो जॉकी के परीक्षण में जो बातें कहीं, वे किसी भी दृष्टिकोण से मिथ्या नहीं थी। किंतु आयोजकों को तेरी बात की गंभीरता समझ में नहीं आई, यह उनका दोष है। इसमें तेरी कोई गलती नहीं है। और रही बात निर्मल और उन्नति की, तो देख उन्हें तेरा साथ देना होता तो तेरे उन्होने तेरे साथ धोखा क्यों किया होता। तू पुरानी बातें मत सोच। पुरानी बातों में, तू जितना डूबेगा वह तुझे उतना दुख देंगी। इतना सुनकर आनंद ने उज्जवला को शुभ रात्रि कहा और फोन रख दिया। अगले दिन वह विश्वविद्यालय में कमल से मिला और उसे भी अपने मन की बात बताई। कमल ने भी वही कहा, जो बातें रात में उज्जवला ने बताई थी। अब आनंद बिल्कुल स्वस्थ था और मन शांत था एवं चेहरे पर एक राहत भरी मुस्कान थी।

समय बीत रहा था, कई महीने हो चुके थे और चेतन जो मुफ्त में चाय पीता था और पैसे मांगने पर, खाते में लिखने के लिए

कहता था, आनंद की दुकान में वह प्रतिदिन चाय पीता था। पहले तो उसने महीने पर हिसाब करने की बात कही थी। किंतु कई महीने बीत जाने पर भी उसने पैसे नहीं दिए। एक दिन श्यामाचरण ने टोंकते हुए उससे पैसे मांग लिए। तब उसने कहा, श्यामाचरण जी यहां के वकीलों में बड़ी एकता है। यदि आप जबरदस्ती पैसे मांगेंगे तो कल से दस और वकील भी चाय पिएंगे और पैसे भी नहीं देंगे। फिर आप क्या करेंगे। उसकी इस बात से श्यामाचरण थोड़ा भयभीत हो गए, वे कुछ नहीं बोले और उसे जाने दिया। किंतु एक दिन जब आनंद दुकान पर था। चेतन ने चाय पी और रूपए दिए बिना ही जाने लगा, तब आनंद ने उसका हाथ पकड़ लिया। उस समय श्यामाचरण दुकान पर नहीं थे। पहले तो चेतन ने उसे धमकाना चाहा। किंतु, जब वह नहीं डरा, तब उसने कहा, बताओ कितने रुपए हैं? आनंद ने हिसाब उठाकर देखा और कहा, पूरे चौबीस सौ दस रूपए। चेतन ने रूपए दे दिए और चलता बना। अगले दिन उसने श्यामाचरण के दुकान की शिकायत नगर निगम के दफ्तर में कर दी। उसने कहा अवैध दुकानों के संचालन से न्यायिक कार्यों में बाधा आती है। जिससे हम वकीलों को अपना कार्य करने में एवं आने जाने में अत्यंत ही असुविधा होती है। दो दिन बाद नगर निगम का एक दस्ता श्यामाचरण की दुकान पर आया और कहा, आपकी दुकान अवैध रूप से संचालित हो रही है। इसे यहां से हटाओ वरना

हरजाने के साथ- साथ जेल भी हो सकती है। इतना कहकर वे लोग वहां से चले गए। श्यामाचरण समझ गए कि यह उसी वकील चेतन का काम है। शाम को जब उच्च न्यायालय में छुट्टी हुई, तब बार एसोसिएशन के अध्यक्ष श्री वेद प्रकाश चाय पीने श्यामाचरण की दुकान पर आए। आनंद ने उन्हें भी चाय बना कर पिलाई और वकील चेतन की सारी करतूत बताई। श्यामाचरण ने भी कहा, सर, हम यहां चार पैसे कमाते हैं तो आप लोगों की सेवा भी तो करते हैं, अगर इस न्याय के मंदिर में हमारे साथ ही अन्याय होगा तो हम कहां जाएंगे। अध्यक्ष जी ने कहा, आप घबराएं नहीं, मैं सब ठीक कर दूंगा। उन्होंने चेतन के बारे में पता लगाया, तो पता चला, कि आस-पास के कई थानों में उसके खिलाफ कई शिकायतें लंबित हैं, और साथी वकीलों से भी उसका बर्ताव अच्छा नहीं है। बार काउंसिल में भी उसकी शिकायत की गई है। पहले तो अध्यक्ष जी ने नगर निगम के दफ्तर में फोन करके, कोई कार्यवाही ना करने को कहा एवं साथ ही उन्होंने चेतन का लाइसेंस भी रद्द करवा दिया। अब श्यामाचरण और आनंद निडर होकर बिना किसी परेशानी के अपनी दुकान चलाने लगे।

समय व्यतीत हो रहा था। सत्रांत परीक्षा होने वाली थी। सबने अपनी पढ़ाई में गंभीर होना आरंभ कर दिया। परीक्षाएं हुई और सभी उत्तीर्ण होकर परास्नातक के द्वितीय वर्ष में प्रवेश कर

गए। अभी विश्वविद्यालय में ग्रीष्मकालीन अवकाश चल रहा था। एक दिन उज्जवला का फोन आया। उसने अपनी माता को अपने साथ प्रशिक्षण प्राप्त कर रहे एक साथी अक्षत के बारे में बताया। उज्जवला ने बताया कि वह अक्षत से प्रेम करती है और विवाह करना चाहती है। अक्षत ने भी अपने घर वालों को उज्जवला के बारे में बातें बताई। अक्षत के माता एवं पिता दोनो आई० ए०एस० थे। संयोग से अक्षत एवं उज्जवला एक ही जाति से आते थे। सो घर वालों ने भी बिना समय व्यतीत किए दोनों का विवाह तय कर दिया। निश्चित तिथि मे दोनों का विवाह संपन्न हुआ। विवाह उपरांत दोनों अपना प्रशिक्षण पूर्ण करने हेतु लाल बहादुर शास्त्री राष्ट्रीय प्रशासनिक अकादमी, मसूरी चले गए।

विश्वविद्यालय में कक्षाएं आरंभ हुई तब आनंद और कमल साथ में थे। कमल और आनंद के बीच विचारों एवं भावनाओं में निकटता आने लगी थी। आनंद कमल से ढेर सारी बातें किया करता था। किंतु कमल उसका ध्यान पढ़ाई में ही लगाए रखना चाहती थी। इसलिए वह उससे उसकी पढ़ाई को लेकर ही, अधिकांश बातें किया करती थी। अब वह समय भी आ गया, जब सब दीपावली मनाने वाले थे। श्यामाचरण ने आनंद और अनुज को दो- दो सौ रुपए दीपावली मनाने के लिए उपहारस्वरूप दिए। आनंद और अनुज बहुत प्रसन्न हुए। शाम

हुई, सब घर में इकट्ठा हुए और सबने देवी लक्ष्मी एवं भगवान गणेश की पूजा- अर्चना की। विद्यावती ने सबको प्रसाद बांटा। आज घर में अनुज भी आया था। विद्यावती ने उसे भी बड़े आदर और स्नेह के साथ भोजन कराया। भोजन करने के बाद अनुज अपने घर चला गया।

इधर एक दिन, आनंद के घर का फोन बजता है। फोन विद्यावती उठाती हैं। दूसरी तरफ से एक महिला की आवाज आती है। वह उन्नति की मां थी। वह आनंद से बात करने के लिए कहती है। आनंद और उन्नति के बारे में विद्यावती को सब पता था इसलिए वह पहले तो सोचती हैं की फोन काट दूं। फिर वह कुछ सोच कर आनंद को आवाज देती हैं। आनंद ने फोन उठाया, तब उनकी मां ने बोला, आनंद उन्नति की तबीयत बहुत खराब है। वह तुमसे मिलना चाहती है। आनंद पहले तो फोन रख देता है, फिर कुछ देर बाद वह फोन लगाकर उन्नति की माता से पूछता है, कि उन्नति कहां है? वह घर में ही है। इतना सुनने के बाद आनंद ने फोन रख दिया और उन्नति से मिलने उसके घर चला गया। वहां पर जाकर देखा तो उन्नति बिस्तर पर पड़ी हुई थी। उन्नति की मां ने बताया कॉल सेंटर की नौकरी छोड़ने के पश्चात यह घर के आस-पास ही बच्चों को ट्यूशन पढ़ाने लगी थी। इतने में एक दिन बारिश हुई और यह उसमें भीग गई। उसके बाद इसको तेज बुखार चढ़

गया। पैसे की कमी होने के कारण इसने किसी मेडिकल स्टोर से बुखार की दवा ले ली। किंतु दवा से आराम ना मिला एवं तबीयत और ज्यादा बिगड़ गई। अब इसे किसी अच्छे चिकित्सक को दिखाना है और मेरे पास पैसे भी नहीं हैं। क्या तुम हमारी मदद करोगे? यह सुनकर आनंद ने कहा, मैं पहले ही बहुत धोखा खा चुका हूं पर अब नहीं खाऊंगा। यह कहकर आनंद जाने लगा। उन्नति की मां उसके पैरों में गिर गई और रोने लगी। वह बोली, बेटा इसे बचा लो। मेरा यही तो सहारा है। इसके बाद मैं कहां जाऊंगी? आनंद को दया आ गई। वह उसे उठाते हुए बोला, मैं इसका इलाज कराऊंगा। पर यह मत समझ लेना कि मुझे इससे प्यार है। किंतु मानवता के नाते मुझे तुम पर और इस पर दया आ रही है। आनंद अपने परिचितों से पैसे उधार लेकर उन्नति को एक बड़े और अच्छे अस्पताल में भर्ती करवा देता है।जहां उसका उपचार शुरू हो जाता है। दिन व्यतीत होते हैं। आनंद को उसके इलाज के लिए बहुत अधिक रुपए कर्ज के रूप में लेने पड़ते हैं। किंतु एक हफ्ते तक के उपचार के उपरांत भी उसकी तबीयत ठीक नहीं होती और उसका देहांत हो जाता है। इसी बीच श्यामाचरण आनंद से टी स्टाल पर ना आने का कारण पूछते हैं। आनंद उनको पूरी बात बता देता है। तब श्यामाचरण अपना सिर पकड़ कर बैठ जाते हैं। और कहते हैं इस मुर्ख को मैंने क्यों जन्म दिया। यह कह कर रोने लगते हैं।

विद्यावती ने आनंद से पूछा, कितने रुपयों का कर्ज है। आनंद में कहां, एक लाख रुपए। विद्यावती ने कहा, ये पैसे तू कहां से देगा। लेने से पूर्व हमें देने के विषय में सोचना चाहिए। श्यामाचरण ने कहा, तू घर में रह रहा है, तो भोजन अवश्य ही कर लिया कर। किंतु तुझे कर्ज चुकाने के लिए एक आना भी नहीं दूंगा।

अगले दिन विश्वविद्यालय में जब कमल को इस बात की जानकारी हुई, तब उसने कहा, घबराने की कोई बात नहीं आनंद। तुमने अपने परिचितों से ही तो उधार लिया है। तब अभी उनसे कह कर कुछ अधिक समय मांग लेना और कोई नौकरी करके उन के रुपए लौटा देना। आनंद को यह बात अच्छी लगी। पर जब उज्जवला को पता चला। तब उसने आनंद से फोन पर कहा, आनंद तू अभी मन लगाकर पढ़ाई कर और अपना सपना पूरा कर। बाकी रही कर्ज की बात तो मैं तुझे रुपए दूंगी। उससे तू चुका देना। यह सुनकर आनंद को बहुत संतोष मिला। धीरे-धीरे उज्जवला ने आनंद के कर्ज के सारे रुपए चुका दिए।

सही समय पर, विश्वविद्यालय में सत्रांत परीक्षाएं हुईं। एवं सभी ने अपनी परास्नातक की उपाधि धारण की। एक वर्ष की तैयारी के उपरांत अविनाश, भाभा परमाणु अनुसंधान केंद्र में सहायक वैज्ञानिक के रूप में नियुक्त हुआ। एवं मोहित, आनंद

और कमल तीनों ने यूजीसी नेट की परीक्षा उत्तीर्ण करके, अपनी डॉक्टरेट की उपाधि धारण की और इलाहाबाद विश्वविद्यालय में प्राध्यापक के पद पर नियुक्त हुए। जहां मोहित संस्कृत का सहायक प्राध्यापक नियुक्त हुआ। वहीं आनंद और कमल भी क्रमशः अंग्रेजी और हिंदी के सहायक प्राध्यापक हुए। अविनाश एवं मोहित का विवाह सुयोग्य कन्याओं से हुआ। एवं आनंद का विवाह कमल से हुआ। सभी अपने जीवन में सुखी एवं संतुष्ट होकर समय व्यतीत करने लगे।